U0828805

四天三夜

——桂商战队戈壁徒步挑战赛纪实

桂商体育◎编

古吴轩出版社
中国·苏州

图书在版编目（CIP）数据

四天三夜：桂商战队戈壁徒步挑战赛纪实 / 桂商体育编. — 苏州：古吴轩出版社, 2019.6

ISBN 978-7-5546-1368-9

Ⅰ. ①四… Ⅱ. ①桂… Ⅲ. ①散文集—中国—当代 Ⅳ. ①I267

中国版本图书馆 CIP 数据核字（2019）第 095437 号

总　策　划：懂徒帝APP团队
执行策划：初心会众创出书事业部
出版统筹：朱　珍
特约编稿：单雅莉　何海峰
供　　稿：邓　欣　大　洋　黄景鹏　何海峰　李永超
李国富　姜紫愈　拉　姆　陆凌飞　罗司令
慕　蓉　潘海燕　谢　谢　燕公子　曾宪国
责任编辑：周　娇
责任校对：刘　冉　祝文秀
设计排版：吴　静
封面设计：何海峰

书　　名：四天三夜——桂商战队戈壁徒步挑战赛纪实
编　　者：桂商体育
出版发行：古吴轩出版社
地址：苏州市十梓街 458 号　　邮编：215006
Http://www.guwuxuancbs.com　　E-mail:gwxcbs@126.com
电话：0512-65233679　　传真：0512-65220750
出　版　人：钱经纬
印　　刷：张家港市恒丰包装有限公司
开　　本：700×1000　1/16
印　　张：13.5
版　　次：2019 年 6 月第 1 版　第 1 次印刷
书　　号：ISBN 978-7-5546-1368-9
定　　价：58.00 元

如有印装质量问题，请与印刷厂联系。0512-56777901

谨以此书献给四天三夜里
携手同行的桂商战队的兄弟姐妹!

引　言

他们素不相识
因众筹聚在一起
临时组建成一支战队
秉持着不抛弃不放弃的团队精神
四天三夜，携手徒步穿越大漠
……

八桂大地，钟灵毓秀，人杰地灵。

历史上，广西合浦曾是海上丝绸之路的起点，钦州更是海上丝绸之路上对外贸易的重要商埠。广西商业历史悠久，商业规模空前，独具一格的桂商群体、桂商文化应运而生，堪与浙商、晋商和徽商比肩。

近年来，乘着东盟博览会的强劲东风，桂商再次崛起，日渐成为举足轻重的商业新力量，并逐步形成“兼收并蓄，敢拼敢创”的新桂商精神。

2013年10月习近平总书记访问东盟时，基于历史，着眼于中国与东盟建立战略伙伴关系十周年这一新的历史起点上，为进一步深化中国与东盟的合作，构建更加紧密的命运共同体，为双方乃至本地区人民的福祉而提出“21世纪海上丝绸之路”的倡议。

今天，作为21世纪海上丝绸之路与丝绸之路经济带有机衔接的重要门户，广西这片古老的大地，焕发出勃勃生机，千千万万的八桂儿女，扬帆出海，向着美丽新世界乘风破浪，奋勇前进！

桂商中有这样15个人，他们因为第三届丝绸之路“千人走戈壁”这个活动而相识，因为各自不同的缘由，决定从碧海蓝天的海上丝绸之路起点——广西出发，去往大漠黄沙的敦煌，循着驼铃声声，沿着丝绸之路的轨迹，体会千年前商人的漫漫行程……

他们15个人，是桂商的杰出代表，涵盖了建筑、美妆、旅游、农业、金融、电气设备、环保、舞台灯光设备等十几个行业。他们15个人，有土生土长的广西人，也有号称“中国犹太人”的温州人，有从中原大地来到广西开疆拓土打天下的河南人、河北人，更有出生在湘鄂大地、奋斗在广州的湖北人，打拼在广西的湖南人，甚至还有来自异国他乡的海外赤子……他们汇聚在新桂商精神的旗帜下，携手同行，开创未来！

出征之前，“驴司令”罗吉德接到政府通知，受邀作为企业代表出访哈萨克斯坦，退出比赛。

华克电气的总经理李国富，因为员工断指需要紧急手术，毅然弃权。

其余队员，克服沙漠高温、极限赛程、体力透支、生病受伤等常人难以想象的困难，以超强的意志、昂扬的斗志，秉持着不抛弃不放弃的团队精神，穿越戈壁大漠，胜利走完全程，并取得“最佳团队奖”的殊荣！

在书中，你可以了解到——

队长李永超对于事业的执着，对于朋友的珍惜；

“政委”何海峰对于信念的执着，为团队荣誉勇往直前的坚韧不拔；

潘灯对于事业的坚守，对于亲情的感恩；

曾宪国创业的艰辛，徒步赛中“不鸣则已，一鸣惊人”的突然爆发；

拉姆对环保事业的孜孜追求，对于亲情的深情感悟；

慕蓉转换事业跑道的种种波折，以及对于匠人精神的由衷尊重；

谢谢对室内设计的独到见解，以及波澜起伏的人生经历；

孔艳跨界经营，告诉你什么叫作“一个人就是一支队伍”；

邓欣为母则强，能屈能伸，几经波折，终成大业；

大洋挑战自我，勇于探索，与时间赛跑，赢在行动，赢在转折；

罗司令帮助别人，成就自己，开创共享助力车之先河；

陆凌飞故土难离，坚守市场，用满腔热情点亮家乡的舞台；

李国富悲天悯人，大儒大商情怀令人肃然起敬；

燕公子去国怀乡，赤子之心，把最前沿的技术引进国内；

紫愈情深义重，一往无前，开创美妆国货新品牌。

本书以四天三夜戈壁徒步赛为主线，巧妙的串联起桂商战队15名队员的创业经历、情感生活、商业理念、处事原则等，从多角度，用细致入微的笔触，刻画了一群有情有义、成人达己、勇于探索、敢于创新的新桂商形象。

本书不仅记录个人成长史，更记录我们这个时代的精神！

本书是桂商战队成立的宣言书，更是桂商精神的喝彩声！

目 录

第四章　第一天，28公里

第五章　第二天，30公里

第六章　第三天，32公里

第七章　第四天，18公里

后　续

第一章

我们在一起

李永超

何海峰

姜紫愈

1 桂商战队15人简介

李永超：桂商战队队长。"80后"，祖籍河北保定。2007年，机缘巧合下来到南宁发展，因自身具备房屋租赁经历，发现南宁房屋租赁行业商机，开始创业。经过十年奋斗，现已成为广西中盛融和集团董事长。集团主营业务涉足房地产、二手房租赁、金融、互联网等领域。公司下属"优+房产交易平台"已成为南宁家喻户晓的房产经纪品牌平台。公司超强的资源整合能力及精细化市场作战执行能力，使其异军突起，成为极具市场价值及生命力的多元化发展的公司。

何海峰：桂商战队"政委"。1978年出生，祖籍广西博白。本科毕业于华南热带农业大学，广西大学商学院工商管理硕士，就职于广西玉柴机器股份有限公司，从事广告策划工作。人生信念：用双脚去丈量神州大地。

姜紫愈：桂商战队"纪律委员"。"80后"，祖籍广西贵港。广西愈品商贸有限公司董事长，创建"愈品"燕窝品牌。公司拥有食品生产标准化厂房、先进生产设备和管理技术及国内外高级技术团队。让更多人吃到天然、优质的燕窝是公司的长远目标。公司不断推出新的产品，并创立中国首款燕窝衍生产品DOAEZ燕窝美妆品牌和美质新生大健康品牌。通过线上线下的销售渠道将美的能量传递给千万用户。

拉姆

燕公子

慕蓉

拉姆：桂商战队“环保大使”。“80后”，祖籍广西崇左，法号降央拉姆。南宁市青年企业家协会副秘书长，南宁市汇源商务投资有限公司总经理，广西易洁新能源有限公司董事，广西青创环境治理业股权投资中心总经理，广西纽贝德国际贸易有限责任公司总经理。公司运作垃圾全资源化处理项目、工业农业生活垃圾无害化处理项目，拥有六项国家专利，通过垃圾气化技术，将垃圾进行处理后清洁发电，还可将垃圾气化生产天然气、制取氢气等化工产品，既可解决垃圾带来的环境污染和生态破坏问题，同时能很好地起到废弃物再利用的循环经济效果，这项技术具有广阔的发展空间和应用前景。

燕公子：桂商战队“文艺部长”。“80后”，祖籍江苏，现定居新加坡。Jassen Singapore Pte Ltd CEO，德国亚森集团新加坡分公司董事，重庆墨希科技有限公司旗下若水品牌联合创始人，江阴妮德尔夫船艇有限公司董事，新加坡社交新零售创业平台Meet Lady™创始人，全球女性创业标杆。无论是投资游艇还是科技，抑或是从事美丽与健康产业，她都通过自己的方式，致力于让生活更加美好，就像她对自己的期许：“永远感动，永远热泪盈眶。做一个善良有温度的向日葵姑娘。”

慕蓉：桂商战队“军师”。“80后”，祖籍广西南宁。广西慕蓉旅居旅游投资有限公司董事长，美国印第安摩托车南宁店投资人，“慕蓉仁家”甜酒品牌创始人，防城港“慕蓉仁家·七月上”民宿掌柜。她热爱重机与自由，把兴趣做成事业，风里来雨里去，一路走来虽艰辛坎坷，但依旧奋勇向前，凭着内心深处的坚定、执着和“用心创造，至善至美”的企业理念，正带领着慕蓉军团创造着广西重机商圈的传奇，愿“慕蓉仁家”品牌像火一样的热情能给人们的生活带来更多的快乐和希望。

潘灯

谢谢

曾宪国

潘灯：本名潘海燕，“80后”，祖籍浙江温州。1995年到广西跟随父辈做灯饰生意，1997年独立创业，1999年创立“潘灯”灯饰品牌，至今18年。凭借坚忍执着的个性和“以诚待人、以信待客”的经营理念，“潘灯照明”已成为南宁规模最大、品种最全的欧美百搭风灯饰品牌。打造健康持续发展的百年企业——她为此愿景努力而坚定地继续拼搏着。

谢谢：“80后”，祖籍广西陆川。广西南宁奋斗装饰设计有限公司董事长，广西山外创意设计机构创始人。2011年至今凭借一系列室内设计作品，屡次斩获建筑设计行业年度优秀设计师、领军人物，广西十大明星设计师，中国杰出设计师等荣誉称号。曾为奥运会跳水冠军（何姿）、中国达人秀总冠军（卓君）等设计过作品。作为中国室内设计高级设计师、中国AICC认证高级设计师，谢谢以敏锐的洞察力，探求客户深层需求。作为交互设计的践行者，以设计为依托，为每位客户打造心意所属、人与环境协调相容的美好空间，是谢谢过去、现在、未来都在用心创造的交互体验的设计价值所在。

曾宪国：“70后”，祖籍湖南娄底。广西玉成创展投资有限公司、广西柳城桂景农产品批发市场开发有限公司董事长，广西二建政协大厦工程鲁班奖建设团队领头人。以“理想、实践、行动、达到”为做人做事的行为准则，从1992年到广西打拼至今，他从基层工人做起，蜕变为一名公司掌舵者，从建筑行业下游产业从业人员，发展成为统领建筑产业全线产品的王牌，以一腔热忱，为广西建筑行业的发展增砖添瓦。

孔艳：“80后”，祖籍河南商丘。2003年大学毕业后到广西发展，创建

孔艳

邓欣

大洋

广西凭祥广丰粮油贸易有限公司、广西圣尊珠宝有限公司、广西久恒国际物流有限公司，并任董事长一职。依据口岸优势，她凭借成熟的商业运作模式及对行业领域的清醒认知、准确把握，带领自己的团队在对外经贸的市场洪流中乘风破浪，构建起一支勇往直前的商业舰队。

邓欣："80后"，祖籍广西荔浦。广西大丰收集团执行董事，防城港维也纳酒店总经理。运作酒店投资、房产代理、农业旅游观光等多领域项目。在房地产行业深耕十三年，2016年转做实业，公司作为广西—东盟经贸促进会会员企业，投资建设广西—东盟生态产业基地项目。邓欣率领团队，为推动当地建立绿色环保、经济可行的生态产业系统，促进地区繁荣，发光发热。

大洋："80后"，祖籍湖北恩施。国际义工，徒步爱好者，"时空点"文化教育系统平台创始人，"微部落"社交公益平台创办人，"直微电"创意营销理念创始人。拥有19年组织行销领域实战经验，先后为安利、无限极、完美等40多家公司108个系统团队指导服务，助力其实现业绩倍增。他是中国自主创业教练金犁奖、亚太区德艺双馨培训师奖、杰出创业导师奖得主。他出版了组织行销实战绩效培训手册《与时间赛跑》系列：《赢在起步》《赢在行动》《赢在转折》等。

罗司令："80后"，原名罗吉德，祖籍广西百色。广西—东盟经贸促进会共享经济产业联合会会长，"驴司令"共享电动车项目创始人。2016年南宁创业大赛第一名获得者，网络大电影《亲密导游》男一号。"驴司令"以打造超级电池、绿色出行为己任，以"解放双脚，还地球一片蓝天"

罗司令

陆凌飞

李国富

为企业使命，以“帮助别人，成就自己”为企业愿景。罗司令肩负时代发展所赋予的企业使命，长期资助贫困学生，帮助山区儿童和孤寡老人。做有担当、有道义、知分享的企业，正是心怀家国的罗司令对企业价值的核心追求。

陆凌飞：“80后”，祖籍广西百色。从事舞台灯光行业，“欧玛”品牌演艺设备广西区总监，广西汇视演艺设备公司执行总裁。2011年，故土难离的他，在家乡创业，成为“欧玛”品牌在广西众多代理商中的一员。多年执着经营，以信誉为核心，坚守市场，创造商机，最终赢得用户认同，成为弄潮先锋。

李国富：“80后”，祖籍浙江温州。1997年到广西，后参与创建广西华克电气设备有限公司，成为公司总经理。2003年公司率先通过了ISO9000质量体系认证，CCC国家强制性认证。创立“桂克”商标，这一商标产品在广西众多建设项目中，如广西地铁1、2号线，广西会展中心，南宁火车东站等大型项目中被广泛应用。作为一名有着前瞻性及商业智慧的年轻商人，他始终秉承“诚实守信，互惠互利”的经营理念，在广西商海中发挥着一个温州人的力量。

第二章

起缘

15个人，因为各自不同的缘由，又因为共同的目的，走到一起……

2017年年初，黄景鹏发出第一条微信，是第三届丝绸之路“千人走戈壁”沙漠徒步挑战赛的众筹链接，桂商战队的15名成员，就被神奇的互联网连接在一起。

1 失败怕什么，我要再次挑战自己！

李永超，广西中盛融和集团的董事长，接到好友黄景鹏电话的时候，回忆一下子被唤起——

同样的众筹，同样的地点，同样的路线，在2016年5月份的时候，李永超已经试水，并在短短的期限之内众筹成功。因为是第一次参加这种户外徒步活动，李永超对前期的身体锻炼、体能训练都不是很重视，准备环节草草了事。由于疏忽，他忘记了右膝盖在多年前得过风湿病，预防和保护措施也并未实施。结果参赛第三天，旧疾复发，膝盖肿痛，无法弯曲，愈往前走，疼痛愈发难忍，在医生的建议下，他上了医疗车，放弃了比赛。

大漠深处好风光

参加庆功宴的时候，看到比自己年长的前辈们都完成了比赛，还有看上去弱不禁风的女生们，居然也坚持到了最后，李永超心底那股不服输的劲头瞬间被激起，他暗下决心，心里默念：我还会再来！一定会再来！我的人生，绝对不能留下遗憾！

因为有了第一届徒步的经历，李永超被此次“千人走戈壁”的项目负责人黄景鹏列为第三届徒步的联合发起人，因为有了第一次众筹的经验，再加上第一届徒友的大力支持，李永超第一个完成了众筹。完成众筹之后，他就开始帮助报名的队员，教给他们众筹的方式、方法，最后在他的帮助下，有14名队员顺利完成了众筹，而李永超也名正言顺地当上了桂商战队的队长。

和李永超有着同样遗憾的还有曾宪国，他出生在崇文尚武、尊商重义的娄底新化，从外表到内心，都是典型的湖南人，有湖南人骨子里敢拼敢闯的精神毅力，更有知情重意的古道热肠。

之所以参加这次徒步，是因为2015年，曾宪国想组织自己公司的员工走玄奘之路，但是员工们都觉得太辛苦，没有一个人报名——干嘛要去受这个罪，员工们心里都在嘀咕。这时候，有个胆大的员工就开玩笑地对曾宪国说：“曾总，要不你先去帮我们探探路？”

曾宪国二话不说，也没做什么准备，打起行囊，就出发了。

走过山路的脚，初次踏上戈壁沙漠，一时难以适应，前两天还好，到了第三天，在翻越山坡的时候，曾宪国不小心把脚踝扭伤了。锥心的疼痛，让接下来走的每一步都像是踩在刀尖上，呼吸着灼热的空气，鼻腔和肺里有种灼伤的刺痛，曾宪国感觉马上就要虚脱了。心里有个声音在不停地告诉他：放弃吧！但是他转念一想，或许翻过这座山，就是一马平川，咬咬牙，胜利就在前方！

此时此刻，曾宪国多希望能遇到一个人，对他说一声“加油”！然后两个人相互扶持着走完这一段路程，可是极目四望，沙漠里，除了漫漫黄沙，一个人影都看不到！

曾宪国擦了擦汗水，继续往前走。

这时候，他听到有人喊他：“喂……”

他扭头一看，一个二十几岁的年轻人，躺在一个沙丘后面冲他打招呼。

年轻人说：“老哥，抽根烟，歇会儿！”

年轻人递给他一支烟，他打了个招呼坐了下来。

年轻人指着自己的脚说："我脚扭了，再走就要死了！"

曾宪国安慰他说："坚持一下，很快就到终点了！"

年轻人说："走到终点有什么用？给张证书能当饭吃啊？你都伤成这样，还走啊！老哥，身体是自己的，为了那张破证书，落下后遗症，你可后悔都来不及了！"

不善言辞的曾宪国，听到他这样说，有点动摇了。

年轻人拍着曾宪国的肩膀说："老哥，我叫了救援车，咱们上车，回敦煌我请你喝酒去！"

曾宪国还想说什么，这时候，救援车远远地开了过来。

年轻人二话不说，连拉带拽地就把曾宪国拉上了车。

后来曾宪国才知道，那个年轻人是富二代，被老爸逼着来沙漠徒步，否则不让他继承家业，于是他就不喝水，假装中暑，假装扭到脚，想方设法退出了比赛！

这段经历，让曾宪国肠子都悔青了，没能走完全程，就算不上是胜利者，在公司的团建中，他提都不提，自己半途而废，还怎么教育员工永不放弃？每每回想起，他都不停地在问自己：

为什么不能再坚持一下？

为什么不能坚守自己的决定，轻易就被别人说服？

两年中，曾宪国不止一次，拿出那份证书，仔细地看着，上面写着的"部分走完全程"这几个字，就像烙铁一样灼伤着他。回想起自己这几年遇到的各种困难和挫折，2013年开始，投资的三个项目，接连出问题，砸进去了1.1个亿，不见收益，反倒亏了几千万。决策的失误，是不是和自己的性格有很大关系？

这么多年在商场上摸爬滚打，看多了冷眼，受了太多的刁难和打击，曾宪国格外重视感情，无论友情、亲情还是爱情，他都是抱着"宁愿天下人负我，我不负天下人"的心态，只要别人求到他头上，他能帮就帮，在合作中，只要资金能周转开，能垫付的工程款二话不说立马就垫付。

这么多年下来，成也友情，败也友情。

曾宪国在广西的建筑工程圈子里，事业人品，那可是有口皆碑。不过周围的朋友也会善意地提醒他，不要把商业和友情考虑得太理想化，更不要为了友情而突破商业规则和底线。

当曾宪国得知同筹网举办的"千人走戈壁"沙漠徒步挑战赛，正在广西招募参赛队员时，他毫不犹豫地报了名。

以前是为了兄弟朋友突破了自己底线，这一次，曾宪国要突破过去的自己，涅槃重生！

2 人生，就是永无止境地向前，向前，再向前！

沙漠里的小雅丹

一个偶然的机会，谢谢打开了黄景鹏的微信链接，看到"沙漠徒步"这四个字，谢谢被吸引住了。

对于一个室内设计师来说，设计灵感来源于生活的方方面面，设计师更要始终保持对新鲜事物和前沿资讯的好奇心。出生在广西陆川，在八桂大地长大的谢谢，只在电视屏幕和报纸杂志上见到过沙漠，还从来没有近距离地接触过。

谢谢每年都会给自己定10个目标，其中一项就是去全国各地旅游，既然有这样的一个机会，那试试又何妨！

谢谢把链接发给周围的好朋友，请他们帮忙，众筹这次徒步经费。伙伴们大多数都很支持，纷纷给他捐款众筹。看到朋友都这么支持自己，谢谢有了前所未有的感触，自己多年来对待客户、朋友，用心感召，用爱付出，在这次众筹中都有了暖心的回报。

李国富是在好朋友李永超的朋友圈里看到了"千人走戈壁"的这条信息——戈壁，黄沙，丝绸之路，驼铃声声，这一切的一切，都让他感到兴奋。作为一个土生土长的南方人，对于异域风情，他有着莫名的期待，戈壁沙漠似乎有印证男儿胸怀血性的魔力，那是除了事业之外，最能激起他挑战欲的事情。

他给每一个发布众筹链接的朋友以资金支持，相对的，他也很快完成了自己的众筹，成为桂商战队的一员。

在中国，如果说到哪里的人最会做生意，大概很多人都会脱口而出“温州”。李国富就是出生在美丽雁荡山下、瓯江江畔的地道的温州人。儿时的他，家境优渥，在当地小镇，他家算得上首富人家。自小就耳濡目染着父辈的生意经，他的血液里，慢慢也浸染了做生意的因子。多年后，他成了千万个温州商人中的一员。身为一名温州商人，他时常以此为荣，并非只是因为温州商人坚韧扎根于任何一片土地，都能挖掘商机创造价值的本事，更是因为温州商人在拥有财富后，仍能心怀故土、回报家乡的那份热忱。

每当说起家乡，大到涉及国家建设项目的京温铁路、龙湾国际机场，小到镇上的通往乡村的小路，李国富的脸上都能浮现出一份充满荣耀的骄傲神情——这些项目的建成，都有温州民营资本的注入。对于李国富来说，知恩图报，回馈家乡，推动社会的进步与发展，是商业价值的终极体现。

大洋，职业是培训讲师。看到现在侃侃而谈的他，你绝对想象不到，在很多年之前，他却因为自己的性格而苦恼不已，内向敏感，犹豫不决，遇到冲突就会不由自主地退让，因此也丧失了太多的机会。大洋很清楚自己性格的缺陷，所以大学刚一毕业，他就选择了销售这个职业，硬着头皮给客户打电话，不断地练习说话的方式和与人打交道的技巧。几年下来，他竟然对销售产生了浓厚的兴趣，后来慢慢转行做了培训讲师。

十年前，为了锻炼自己意志，他尝试了很多种运动，溯溪、登山、悬崖跳水等。在这种种的极限运动中，他对自己有了越来越清晰的认识，对未来有了越来越笃定的把握。

他曾经在自己的笔记本上写过这样一句话：攀登不是为了征服，是为了看到更清晰的自己！

那时候，他就给自己定下了三个毕生的心愿：穿越罗布泊，登珠峰，还有去南极看看。

当第一次打开戈壁徒步的链接的时候，爱看武侠小说的大洋的眼前，顿时展现了这样一幅画面：“大漠沙如雪，燕山月似钩。何当金络脑，快马踏清秋。”

大漠儿女，豪情万丈，牵云擎风，岂不快哉！

更何况，自己还有穿越罗布泊的梦想，这一次，可以作为前战演习，积累一些经验，于是他毫不犹豫地就转发了链接，开始众筹，并且在很短的时间之内就众筹成功。

罗司令，本名罗吉德，但是周围的朋友都喜欢叫他罗司令。他不仅有号令三军的气概，更有拓荒成霸业的气势。从革命老区百色走出来的他，继承着革命老区人民艰苦奋斗，勇于挑战的精神，立志走出大山，创一番事业！因为山区条件非常艰苦，要改变命运必须努力走出大山。罗司令通过自己的努力成为村里第一个大学生，并在大二的时候就成立了自己的第一家公司，从此开始创业之路！罗司令在大学期间，每年假期可以为上万名贫困大学生提供勤工俭学机会，帮助他们解决生活费，解决社会实践问题。随着行业口碑越来越好，团队越来越大，在人力资源行业，以前有安排农民工就业累计达数百万人次的“农民工司令”张全收，现有每年能为上万名贫困大学生提供勤工俭学机会的“大学生司令”罗吉德，罗司令永远记得“帮助别人，方能成就自己”！商业载体会变，核心理念不会变。掌握商业规律，把握时代脉搏，运用最新科技以及商业模式，才是新一代商业精英应有的素质，而这些，在罗司令身上，都有体现。罗司令说，他喜欢交朋友，喜欢闯世界。当初考大学，本来能上外省的学校，由于家庭条件的限制，只能上了广西本地的大学。得知这次戈壁徒步的活动后，他毫不犹豫地报名参加了。他想去看看大漠风光，塞外风情，他想体会一下大碗喝酒、大块吃肉的壮志豪情。读万卷书，不如行万里路，只要你一直在前进，就会踏出一条属于自己的路！这一点，倒是很符合罗司令的性格，因为从上大学的第一天开始，他就已经开始走别人没走过的路，做别人没做过的事了！

3 砥砺前行，绝境重生

广西边防小城凭祥，是广西壮族自治区的一个县级市，与越南谅山接壤，是广西口岸数量最多、种类最全、规模最大的边境口岸城市，也是中国通往越南及东南亚最大和最便捷的陆路通道。

1992年，凭祥被国务院批准成为沿边对外开放城市后，越来越多的投资者看到了这座城市所孕育的机会与潜力，他们来到这里，开启人生与财富的新篇章，与这座富有生机的城市一起成长着。

孔艳来到凭祥，已经有十四个年头了。

青涩的、激扬的青春，都在岁月点滴的历程里，拂去了最表面的繁华。她早已经不是那个用梦想打动自己的女子，梦想早已被她牢牢掌握在手里，成就了一份沉甸甸、有力量的事业。

熟悉孔艳的人，跟她聊天时有时候会恍惚，一个谈天说地知情识趣的小女子，一旦说到公司、说到工作，马上就像切换到另一个频道，雷厉风行，干脆果断，像一个久经沙场的老企业家，那格局，那高度，使她娇小的身躯瞬间笼罩上一层光环，散发着巨大的能量。

独自奔跑的孔艳，最近有些头疼。

在相继开了进出口贸易公司、粮油公司、珠宝公司后，目前孔艳的事业版图又多了家涉及进出口贸易的物流公司。做这些公司，有些是因为发自内心的喜爱，而有些是因为业务关联从而发展的衍生公司。业务量的不断增长是好事，但有时一些不可控因素的突发，也会致使公司运营处处掣肘。

而现在公司遇到的困境，是十年来她所知的最大的危机。

她需要一种力量来支撑自己，渡过这场风波！

她需要调整好自己的心态，迎接即将到来的挑战！

坚持了多年的健身，不断淬炼着孔艳的体能和意志力，当她在朋友圈无意中打开这次活动的链接时，她不假思索地决定要成为徒步戈壁的一分子，挑战自己的极限，同时也领略神秘的西北风光，那如精神图腾一般存在的地域，仿佛存在着某种力量，她希望在那里，能找到自己前行的方向，和面对困境、解决问题的信心与决心。

潘灯，在南宁的温州人，本名海燕。创立“潘灯照明”已经18年。虽然外形让人感觉是袅袅婷婷、清秀柔弱的女子，但她却已是广西灯饰经销行业中一名久经风浪的弄潮儿。

潘灯爱笑，不管遇到多大的困难，多伤心的事，哪怕是心里流着泪，她的脸上也会挂着笑容，她知道再大的困难都会过去，再大的风雨也不可怕，爱笑的女人，运气都不会太差！潘灯喜欢拍照，她的每一张照片，都笑得很灿烂。曾经有个朋友说：“潘灯，我心情不好的时候，就会翻翻你的朋友圈，你照片里的微笑会感染我，让我情不自禁地微笑起来。”

潘灯在南宁最大的建材商场开的门店，已经两年了。商场招商初期，为了吸引她的品牌入驻而给出的条件，一直无法兑现，致使店里的经营受到严重影响。继续下去，有可能会面临更大的损失，但放弃，这也绝对不是潘灯的性格。多年的经验告诉她，只要坚持，经营状况肯定会有起色，但是流动资金无法支撑目前的三家店，深思熟虑之后，潘灯把两家赚钱的店转让出去，专心致志来经营这家店。她说，以自己的能力，她能做好那两家店，也能做好这家店。

这不得不让人佩服潘灯的眼光与决策力，灯饰是产品，经营良好的店面也是产品，盈利才是商业的终极目的，能从亏损做到盈利，并且争取最大的效益，这才是一个优秀商人的品质。而守着既有的收益，安于现状的人，很难成就一番大事业。

“我们一起去戈壁徒步吧。”作为同在生意圈中摸爬滚打的好友，紫愈的一句话，让潘灯内心生出了些豪情。“做生意那么多年，经历了那么多的困难，都坚持了下来，这一次，就让徒步戈壁来证明，在任何困难前，我都能行！”潘灯坚定地说。

说做就做，马上开始众筹，很多朋友都知道了潘灯要去戈壁，纷纷予以支持，很短的时间，潘灯就众筹成功，正式成为了桂商战队的一员。

这时候，潘灯也明白了众筹的意义，感到自己肩膀上沉甸甸的压力，背负着这么多客户和朋友的期待与厚爱，一定要坚持走完108公里！

远在防城港的慕蓉，人称广西最美的民宿女主人，她的“慕蓉仁家”民宿就开在月亮湾景区里面。

慕蓉，未见其人先闻其名时，颇有点武侠之风，待出现在众人眼前时，竟真有几分武林侠客的风骨。三十出头的年纪，清瘦、干练，有些倔强的眼神，利落飒爽的行走客打扮，语气中有不容置疑的果断。

有着十几年的健身经历，对于这次徒步戈壁的活动，她有着自己的考虑。事业遇到了瓶颈期，自己的民宿和酒业公司面临着发展方向的转型，一些问题，需要在战略明晰后逐一解决。她需要一个让自己沉淀下来的机会，同时也需要通过这样一次行走，去检验一下自己十几年的健身对身体能量的储备，是否足以应对有可能极为残酷的考验，她需要这种形式的磨砺，这也许可以激发她更多的潜能，让她足以有勇气迎接未来事业转型的更大挑战。

两个孩子的妈妈邓欣，虽然已经三十多岁，但是看起来还像个二十几岁的小女孩，喜欢穿短裙，笑起来阳光灿烂，对各种新鲜事物充满着好奇。

邓欣做梦都不会想到自己竟然会去戈壁徒步！

由于和队长李永超是多年的好友兼合作伙伴，收到队长的链接，她最初的念头就是给朋友帮忙，后来她也开始了众筹。

迎着晨曦出发

“50℃高温”“几天不能洗澡”“每天走几十公里”，看到这些字句，邓欣就特别害怕众筹成功。后来看到那么多朋友都支持自己，也特别害怕欠人情的邓欣，心里直打鼓：完蛋了，话都说出去了，那硬着头皮也要坚持下去了！再加上队长也不时地鼓励她：“不迈出第一步，怎么知道自己行不行？”

晚上睡不着的时候，邓欣也在回想这些年的经历，投资的失败，感情的不顺，老人的病痛，照顾两个孩子的疲累，等等，都已经让她喘不过气来。她经常有轻生的念头，感觉实在撑得太累了！

邓欣是个特别好强的人。从做生意第一天开始，这么多年基本不应酬，更不会为了利益低头。她喜欢开开心心地做事。这样的性格让她受过挫折，也失去了很多机会，但邓欣从未后悔过，不违心，不跟人比，尽自己全力，不强求得不到的东西，做自己，做一个真正的自己！

听说徒步可以缓解压力；

听说千年的戈壁有种魔力，可以赋予你力量；

听说戈壁的夜空里，繁星漫天，去了可以洗涤你的灵魂；

听说突破了身体的极限，你就更有信心突破生活和事业的极限……

不知道是在说服自己，还是冥冥之中戈壁的召唤，邓欣想，既然下了决定，那就去吧！

4 亲爱的，我想为你做点什么

此次活动的主办方负责人黄景鹏，为了此次活动的推广和宣传，来到了好友“燕窝女王”姜紫愈的办公室。

海螺状的大型水晶灯从屋顶宣泄而下，晶莹璀璨的光芒闪烁在这间屋子的每个空间，让空间中的所有生物都熠熠生辉。紫愈办公室，灯下右侧茶几上，一束香水百合嫣然开放。涂着大红的蔻丹，穿着露肩小礼服裙，画着精致妆容，巧笑倩兮的紫愈坐在沙发上，一边吃着燕窝，一边跟黄景鹏聊天。

对于黄景鹏所说的一切，姜紫愈表现得意兴阑珊，提不起兴趣。

四天三夜不能洗澡，徒步108公里，这简直就是自虐。“好吧”，她一再声明，“景鹏，作为朋友，我就是为了帮你，顺便去看看沙漠，在沙漠边上拍几张美照，然后就打道回府，打死我也不走！”

黄景鹏笑笑，然后告诉她一个消息：他也报名参加了！

每个人的生命中都有一个刺青爱人，大火不能熄灭，众水不能淹没。可能他是就是紫愈心中的那个刺青爱人吧。

这段情感，就如闪耀的黄色水晶灯光，丝丝扣扣、萦萦绕绕，闪烁在紫愈的生活中，挥之不去，才下眉头，却又上心头。

“景鹏。我是真的害怕碰到他……”

“那不正好喽，再续前缘才是佳话嘛。”

黄景鹏坏笑着调侃，作为好友，自然明了紫愈那口是心非背后隐藏着的“放不下”三个字。

“那……我还是担心我走不下来……”

“尽力就好，重在参与嘛！”

黄景鹏了解姜紫愈，养尊处优的她，出门超过500米都要开车，平时不运动的她能说出这种话，已经是极限。

几乎就在同一时刻，拉姆打开了地下室，拿出了自己和丈夫的徒步装备。丈夫离开自己接近两年了，他的东西，拉姆一直都保留着，家里的陈设还是和他在世的时候一模一样。拉姆总感觉他是出差去了，说不定哪一天，就会笑吟吟地推开家门走进来……

前一天晚上的聚会上，老曾，也就是曾宪国，讲的一个故事，深深地触动了拉姆。

拉姆和老曾是生意关系，很早就认识了。

老曾说要去参加今年的“千人走戈壁”的徒步活动，弥补人生的遗憾。那次聚会，平常并不善言的老曾，不知是由于酒精的作用，还是曾经的徒步让他有了太多值得回味的感触，他侃侃而谈。他提到了自己放弃的原因，也提到了让他至今想来都会被感动、被激励的杨老太太。

杨老太太是四川人，从麻辣烫小摊做起，逐步成为当地知名连锁火锅店的老板。她的老伴是位漫画家，一生都闷头画画，但是却郁郁不得志，既没打出名气，也没赚到钱，家里上上下下都是靠杨老太太独自支撑。两个人一辈子都在吵架，杨老太太埋怨他不像个男人，撑不起整个家来。川妹子泼辣不饶人，说出的话，那可是比火锅里的红油还麻辣还伤人，老伴是典型的“炽耳朵”，只是感叹几句杨老太太不理解他，不支持他，然后又一心投入到画画中去了。

后来，老伴罹患癌症，带着遗憾去世，毕生的画家梦彻底灰飞烟灭。面对老伴留下的满屋子画稿，杨老太太依然不能理解，这辈子都浪费在画画上值得吗？为什么在自己最苦最难的时候，他都不肯放弃画画来帮自己一把？固执己见，一事无成，难道这就是他的一生吗？

半年后，杨老太给两个儿子报名参加徒步戈壁的活动，希望能磨炼一下年轻人的意志。可惜，孩子并不领情，对这种需要承受巨大体力消耗和精神折磨的事情坚决抵制。

就在这时，杨老太太收到了一封来自瑞士的信，信中恭贺她老伴的漫画获得一等奖，并且邀请他到瑞士去领奖。

杨老太太拿着信，老泪纵横，泣不成声，她刹那间懂得了老伴的心，一切坚持，都有价值！每个梦想，都不可被嘲笑！是自己错怪了老伴，回想起往事，她理解了老伴的执着与不易，也为自己对老伴的责难和打击而感到深深的后悔与自责。

想到这，杨老太太做了个决定，既然孩子不去，那她去，一来告诉孩子们“人生是需要勇气的”，二来她想用这种方式纪念老伴，用行动对他多年的执着表示由衷的尊敬。

于是65岁的杨老太太，靠着坚韧的毅力，走完全程。

最后一天的徒步从早上6点半开始。杨老太太由于年事已高，体力消耗过大，一直落在队伍的最后面。天黑之后，组委会多次让她上救援车，都被她拒绝了。在伸手不见五指的戈壁中，她咬牙前行，几乎是走三步，歇一歇。

她的精神感动了所有的人，于是救援车开着车灯，照亮她前进的路，有的队员给她送来了水和补给，还有的队员陪她一起向前走，一直到夜里1点钟才走完全程。

她是最后一个到达终点的人，当她到达时，全体队员列队欢迎，为她鼓掌欢呼。在人群中的曾宪国也感动得湿了眼眶，一是被杨老太太的精神所打动，二是为了自己轻易放弃比赛而愧疚……

杨老太太纪念老伴的方式，打动了拉姆。

拉姆身边，只有很少的人知道她的老公去世的消息，有时候，朋友圈的人还会调侃拉姆，只晒自己不晒老公。她只是笑而不语，因为内心里知道，那个人一直在她心里，不曾放下过。

老公生前身体尚好时，每个星期都会去参加驴友的活动，回来会给她描述经过千辛万苦后，站在山顶云端，看气象万千的景色时，内心涌动的豪迈之情。

对此，她并不是很理解。而老公却非常迫切地想要和她分享感受，并且帮她配备了全套的户外装备，拉着她去参加活动。

每次外出，只要拉姆在，两人所有的装备，老公都是抢着背，生怕她因为苦和累而不愿意和他一起出游。经过几次体验后，拉姆最终决定放弃了。每当看着丈夫雷打不动、兴致盎然地出发，她就以不屑的表情表达她的不理解："出游不就是一种放松吗，没有好的条件不说，还累得要死，真不理解为什么你还要苦兮兮地去找罪受。"可丈夫还是去了，哪怕回来又晒黑了，哪里又受伤了，依然乐此不疲……

如今天人相隔，无缘相见。

如果上天能让自己再一次牵着老公的手，穿越千山万水，哪怕是吃十倍的苦，受百倍的罪，拉姆都愿意啊！

这次拉姆要一个人去走戈壁，就像当年爱人陪伴在自己身边一样，就算走不下来，也没有关系，起码，她挑战了自己，在天堂的老公，也会感受到这浓浓的思念吧。

行走在雪山戈壁之间

沙漠地带

5 人生，需要一场说走就走的旅行！

就职于玉柴的何海峰，是公司的广告策划主管。因为职业的原因，他几乎走遍了中国的大江南北，也结交了天南地北的一群好朋友。

他有个认识了十几年的好朋友老赵，在西宁。两个人英雄相惜，无话不谈，每年不是何海峰去青海，就是他驾车来广西，两个人把酒言欢，谈古论今，豪气干云，颇有伯牙、子期的风范。

何海峰说，他很珍视这份友情，尤其是在现在这个社会中，能够保持这样浓烈而纯净的友情，很不容易。

何海峰工作的大部分内容，都跟协调人际关系有关，这么多年下来，再难处理的事情，再难合作的对象，他都能从容应对。

按理来说，在国企工作了15年，要么变得圆滑倦怠，要么变得颐指气使，但是何海峰身上还保持着一种坦诚与天然。他说，可能和他常年坚持跑步有关，在工作中遇到想不通的问题，或者遇到什么困难，他就会独自一个人去跑步，跑到大汗淋漓，有时候问题能想通。也有毫无头绪的时候，但是有一点，何海峰一直都在坚守着，那就是实事求是，坚持原则。

靠着这两点，才能保持初心，在事业上越走越远，在生活上越来越好。

何海峰说，这可能和家庭教育有关系吧，爷爷是老革命，父亲是公职人员，他是听爷爷讲革命故事长大的，父亲对他的要求也相当严格，教育他要以事业为重，对家庭要有责任心。

在国企工作这么多年，他也有过放飞自我、彻底蜕变的想法，但是一个男人强烈的责任感，让他考虑再三后就放弃了。

当何海峰得知此次戈壁徒步的活动后，就动了心，从来没有去过敦煌，从来没有真正近距离接触过戈壁沙漠，是不是应该去看看？

自己跑步这么多年，从来没有参加过长距离的徒步，或许可以挑战一下自己，看看自己的实力与潜力？

他又想起了老赵，好久没见他，真有点想他了，或许可以趁着这次机会，自驾去敦煌，顺路看看老赵？

说干就干，何海峰马上开始众筹。玉柴的领导、同事得知他要去戈壁徒步，纷纷给予支持，不到半天，他就众筹成功。

何海峰知道，这一次出征，他不仅仅是代表自己，更代表着玉柴，不管遇到多大的困难，一定要走完全程！

他责无旁贷！

远在新加坡的燕公子，和紫愈是好友，紫愈来新加坡的时候跟她说了这件事。平时就很喜欢健身的她，大多数时间都是在健身房锻炼，徒步对她来说，很新奇，而且她从小到大没见过沙漠，敦煌更是她心中一个神圣所在。“丝路花雨”“楼兰新娘”，这些唯美的诗词语句一下子涌进了她的脑海，尤其是席慕蓉那首《楼兰新娘》，她还记得其中的诗句：

夕阳西下
楼兰空自繁华
我的爱人孤独地离去
遗我以亘古的黑暗
和亘古的甜蜜与悲凄

别看燕公子是温婉水乡长大的女子，性格却是干脆利索，敢爱敢恨。

初中三年，她都是体育委员；

很少生病，感冒发烧都很少；

喜欢攀崖、自驾游、健身，喜欢高尔夫，喜欢挑战自己；

不间断的训练……

衡量了一下自己的体能，燕公子当即就决定，我要去敦煌，我要去徒步！

身为广西人的陆凌飞，阴差阳错的被朋友拉进了海南的一支队伍。这就是网络的运行规则，打破地域、身份、行业等界限，给你创造更多机会，也带来更多未知的体验。

2013年前后，因为政策的影响，陆凌飞所从事的演出设备租赁市场，遭遇了前所未有的寒冬期，营业额锐减到原来的10%，甚至到了举步维艰的境地。

那段时间，陆凌飞晚上睡不着，一直在考虑一个问题：坚守还是放弃？那么多同行、朋友都转行了，整个演出市场笼罩在一片愁云惨雾之中，自己还能坚持多久？放弃又谈何容易！客户怎么办？自己在这个行业中累积的人脉、经验怎么办？但白天一睁眼，就满世界去找项目，胡子眉毛一把抓，临时抱佛脚，怎么可能有好项目蹲在家门口等着你啊！

找不到出路，又看不清方向，他只能拼命抽烟喝酒，这样的后果就是情绪越来越低落，越来越糟糕。有一天回到家中，看着镜子里不成人样的自己，他的心像给什么东西狠狠扎了一下，一副失败者的样子，简直惨不忍睹！如果再这样下去，自己都会厌恶自己了！从那天开始，他戒酒戒烟，开始跑步。

陆凌飞每天跑6公里，已经坚持了差不多两年，他又喜欢户外运动，这次徒步，对他来说驾轻就熟。所在的战队里，恰好有几名非常专业的驴友，在徒步前，就已经指导大家购买了专业的装备，进行了相关的培训，而且还组织了多次户外长距离的徒步活动。

陆凌飞已经做好了万全的准备，这次戈壁徒步，他势在必得！

陆凌飞不知道的是，这次徒步，他会遇到一群有着共同追求、共同梦想的人，他们一起走过大漠戈壁，互相帮助，加深了解，在这之后，他就会成为那支名为桂商战队队伍的一员。

这才是他这次徒步的最大收获！

走向大漠戈壁

第三章

桂商战队成立了

1 桂商战队成立了！

因为采用众筹的方式，凡是从桂商战队链接出去的众筹成员，原则上都归入桂商战队。根据组委会的规定，每个战队人数定在12—16人，桂商战队建队初期是14个人，有2人因故无法参加赛事，最终徒步戈壁的人数为12人。

一开始，队员相互之间并不是很了解，大家对彼此的印象，还停留在微信群里聊天的时候。按照组委会的要求，战队要有个响亮的名字，要分工明确，职责分明，于是大家相约召开了桂商战队的第一次会议。

桂商战队里，有些人之前相互认识，但是大多数人都是初次见面。也许是地缘的原因吧，13个人一见面，就有说不出的亲切，聊不完的话题，远在新加坡的燕公子，也通过微信视频和大家打了招呼。

自我介绍之后，大家发现，14个人中，除了何海峰在国企任职外，其他的伙伴，都有自己的企业，都是桂商的一分子，所以“桂商”无可争议地就成了战队的名字。

大家还确定了“桂商桂商，威震八方”的战队口号。

在会议上，大家一致推选李永超为队长，何海峰为“政委”，“纪律委员”是紫愈，“宣传部长”是大洋，“军师”是慕蓉，“文艺部长”是燕公子。

在玉柴担任广告策划主管的何海峰，自告奋勇地接下了队旗以及海报的设计。

从2017年3月25日起，这个世界上诞生了一个叫桂商战队的商业联盟体，这是友情的战队，商业的战队，更是能创造奇迹的战队，因为他们中间的每个人，都是叱咤商场的风云人物，一旦他们团结一致，携手共进，所产生的效应和能量，将呈几何级数的增长和爆发！

2 每日打卡，为出征做准备

第一次会议之后，慕蓉才意识到问题有点严重。14个人中，除了慕蓉、何海峰、孔艳、燕公子常年健身、参加户外运动外，其他的伙伴，不但没有经过任何系统的训练，甚至连基本的常识都知之甚少。像紫愈这种超过500米的路程都要开车的娇小姐，能走完108公里的全程，那简直就是天方夜谭！

爱美爱笑的潘灯，喜欢穿裙子和高跟鞋，还喜欢自拍，说起这次徒步，她嘻嘻哈哈，好像要去巴黎香榭丽舍大街扫货一样轻松自在！

远在新加坡的燕公子以前是运动员，多少有点基础，这总算让慕蓉的心放宽了一点点。

按照组委会的要求，在正式比赛之前，每个队员每天要走10000步，坚持21天，每天晚上12点之前要打卡，报步数。

就是这10000步，让军师慕蓉头疼不已。

首先，战队里出现了一个"幽灵"。这个人，只闻其名，不见其人，来无影去无踪，聚会不参加，微信群里不说话，而且从来没打过卡！大家都搞不懂，既然这样不重视，你当初为什么要报名？这是比赛，不是过家家，桂商战队是个团队，不是菜市场，想来就来，不想来就不来！任凭大家好话说尽，这个"幽灵"依然我行我素，不露面不说话，大家对他唯一的印象就是那个名字"曾宪国"。

按照曾宪国的理论，这叫"不鸣则已，一鸣惊人"，他说他憋着一股子劲儿呢，一定要在戈壁徒步赛中脱颖而出，震惊全场！

慕蓉开了一家叫"慕蓉旅居"的海边客栈，大部分时间都要在防城港和南宁之间穿梭。有时到南宁，她也会约着战队里的紫愈、邓欣一起吃吃饭，聊聊天。

那天晚上，慕蓉、紫愈和邓欣吃完饭，到酒吧去喝酒。只见紫愈手里拿着手机，一边喝酒，一边随着音乐节奏晃动着手机。慕蓉很好奇，问："她在干吗？”邓欣说：“她在作弊，晃手机，凑步数呢！”慕蓉差点晕过去，这也行！

紫愈放下手机，甩了甩酸痛的手腕，说：“打什么卡呀，闹得我都不能好好喝酒！”

邓欣说：“我听说，把手机绑在小狗身上也能计步！”

紫愈高兴地说：“那我要试试！”

慕蓉无奈地说：“把手机放进乐扣盒子里，扔进洗衣机，也可以！”

紫愈拍手说：“这个方法更好！我回家就试试！”

慕蓉和邓欣无奈地看着紫愈。

何海峰在玉柴，负责玉柴发动机的广告宣传工作，而且经常在全国各地飞来飞去，布置展会，推广产品，配合各分公司的销售制定宣传方案等。从小受父亲的影响，何海峰喜欢运动，坚持跑步多年，就算是出差，他的行李箱里，也一定会放上跑鞋和运动服，只要能抽出一个小时的时间，都会坚持跑步。这么多年来，他跑遍了中国的几十个城市，奔跑中，他看到了不一样的风景，看到了不一样的世界。

何“政委”的打卡记录，没落下一天

为了督促队员每天完成打卡任务，就是在出差的途中，何海峰也会在微信群里给大家加油鼓劲。为了给大家起到带头作用，他每天都按时完成打卡任务。

队长李永超最担心的就是膝盖的旧伤，这一次，他可不想重蹈覆辙。锻炼是个循序渐进的过程，于是他给自己制定了严格的计划，每天不但坚持完成10000步，同时增加了体能方面的锻炼。因为有了明确的目标，每天不管多晚，他都坚持完成。21天下来，李永超感觉到体能提高了不少，体重也减轻了，膝盖没有任何不适的状况，李永超知道，他已经为再次挑战做好了充分的准备！

在广州的大洋，一开始，想要专门拿出时间来完成任务，但是那段时间，手里有好几个项目，早上一睁眼就开会，开完后又要赶赴下个会场，一直要到晚上十一二点才能结束。一天下来，忙里偷闲才走了8000多步。马上要到打卡截止时间了，刚刚到家停下车的大洋，拿着手机在小区里狂奔起来，虽然累得气喘吁吁，还是差了那么一点点。大洋心里很难受，他不想因为自己而影响全队，毕竟这21天打卡成绩，也要算到总积分中去。

第二天，大洋改变了战术方针，他决定利用碎片时间来完成。早上到公司，别人都在等电梯，他去爬楼梯，十几层每天要爬个两三次。开会的时候，他拿着讲稿，边走边说，积少成多，积土成山。几天下来，大洋不但每天都能完成打卡任务，而且步数最多的一天，走了16000多步。

每天坚持走，不但让大洋的精神状态越来越好，而且带动了周围的人一起加入健步的行列。他的客户中，有个企业老总，患有糖尿病，其间正好跟他们公司合作一个项目。大洋给他提案的时候，边走边说。和老总沟通的时候，也把他约到办公楼下的花园里，边走边说。半个月后，项目谈完，老总也被感染了，说要向大洋学习，开始锻炼。

后来老总在微信上告诉大洋：他已经坚持了一个多月，每天能走到7000步，血糖下降，精神状态也好多了！以前，医生、家人都劝他要锻炼，他总是以20多年养成的习惯不好改为借口搪塞，没想到大洋影响了他！行动大于语言，不管做任何事，起来行动，总比坐着空谈要有成效的多！大洋做了这么多年企业培训，非常明白这个道理。

谢谢为了这次戈壁徒步也制定了健身计划，每天跑4公里。本来对自己的身体素质还很自信的他，第一天跑了一公里，就已经累得气喘吁吁。世界上的事情就是如此，知易行难，看似简单的事情，开始做就会困难重重。这个时候，众筹的作用就显现出来了，因为背后有好多朋友、同事、客户的支持，如果半途而废，那可就太丢脸了！关键时刻，咬着牙也要坚持。就是靠着这样的意念，谢谢坚持了一周，十天，一个月，直到出征前，他能很轻松地跑完10公里。

远在新加坡的燕公子，是健身房的常客。每天10000步，对她来说很轻松。

孔艳坚持健身已经很多年，打卡任务对她来说，根本不算什么。

邓欣在防城港新开的酒店正在装修阶段，每天跑工地，楼上楼下地视察、解决装修中遇到的问题，一刻都不得闲。一天下来，基本都能凑够10000步。如果哪天步数不够，她就让员工开车把她送到广场，一个小时后再来接她。她一个人在空无一人的广场上，一圈圈暴走。

李国富、罗司令、拉姆、潘灯也都顺利完成每天的打卡任务。

作为军师的慕蓉，担负着指导队员训练的重责，她一直在筹划着来一次集训拉练，一是为了让队员适应野外环境，二是为了检验这21天健步的成效。但是每个队员都很忙，白天忙公事，晚上忙家庭，想要凑在一起真不是那么容易。慕蓉筹划了又筹划，终于在出征之前，组织了一次徒步青秀山的活动，她需要在这次徒步中，了解每个队员的基本情况，制定戈壁徒步的战略方针。这次徒步，既是队友聚会，又是集训拉练，更是阶段测验。

这次集训中，有个人出乎大家的意料，她就是紫愈。被大家半拖半拉爬到了山顶，哭着喊着“我走不动了”“要累死了”的紫愈，竟然没掉队！下山的时候，紫愈仿佛是打通了任督二脉，越走越快，越走越轻松，紫愈都惊讶自己的体能竟然这么好！看来，每个人的思维和认知都不能被表象

南宁青秀山集训 1

和经验所迷惑，在你真正挑战自己之前，千万不要给自己负面的暗示：我不行！我不能！而要告诉自己：我可以！一定行！

这次集训之后，紫愈信心十足，10000步没那么可怕，摇手机其实也蛮累的！从此后，紫愈每天都坚持完成打卡任务。

21天下来，全队13个人完成了打卡任务。不用说，大家也都心知肚明，那个一天都没打卡的人，肯定是“幽灵”曾宪国。

21天养成一个好习惯，好的习惯影响人的行为，行为改变，思想也会改变。不管是21天打卡，还是戈壁徒步，终极的目的都是激发潜能，磨炼意志，进而改变思维！

3 罗司令，好样的！

罗司令——创业“奇遇记”

出征前两天，就在大家紧锣密鼓做准备的时候，罗吉德罗司令接到了市政府的通知：邀请他作为企业代表于2017年5月中旬出访哈萨克斯坦。

由于前期需要做大量准备工作，更因为这次出访事关重大，罗司令只能遗憾地退出了比赛，遗憾地与大漠戈壁失之交臂。

2 十万火急，员工断指，李国富决定退出！

李国富——大商风范

2017年5月13日，是桂商战队启程的日子。在队长李永超的带领下，慕蓉、曾宪国、紫愈、李国富、邓欣、谢谢，一行7人，赶到南宁吴圩机场。想到接下来的几天，就能跟戈壁大漠亲密接触了，每个人都很兴奋，他们谈笑风生，不亦快哉。

就在这时，李国富的手机响了，他就像往常一样，拿起电话接听。电话里传来厂办主任急切的声音："李总，出事故了，非常严重！有个工人四个手指头全断了，需要马上做手术！"

这个电话，像是一声惊雷，把原本十分兴奋的李国富拉回到残酷的现实。有过断指之痛的他，深切地知道缺失手指会给生活带来多大的不便。他更清楚，断指后8小时之内做再植手术，成活率最高，现在多耽误一分钟，工人的致残危险就会加大一分。

刻不容缓！

李国富当机立断，取消行程，退出比赛！跟队友简单说明情况之后，李国富拎着行李跑出机场，一边还在电话遥控指挥着厂办主任："马上送最好的医院！我现在就赶回去！"

在回去的路上，李国富又得到了一个不好的消息：广西医科大学第一附属医院，人流量过大，手术室已满，无法马上安排手术，只能联系别的医院！

李国富在路上紧急联系给自己做手术的医生，广西骨科医院的骨伤科主任。当时他正在手术室做手术，手机一直无人接听。情急之下，李国富大费周折把电话转接到了手术室。骨伤科主任一听这种情况，让他把病人送到医院，他马上安排手术！

一切安排妥当之后，放下电话，李国富才发现，自己的额头上已经渗满汗水。他刚想喘口气，忽然又想起什么，拿起电话，给厂办主任打了过去，他嘱咐说："特事特办，尽快手术，钱的问题，不用考虑！一定要保住员工的手指！"

从晚上8点半工人进手术室开始，李国富就进入了焦灼的等待过程……

对李国富来说，这是个不眠之夜。他在家里等消息，手机放在面前的茶几上，也不知道是什么原因，这二十几年来的风风雨雨，一下子都涌进了他的脑海里——

1997年，李国富跟随经商的父亲来到南宁。那时候的他，年少青涩，未经世事，于是就在父亲的工厂里，从基层做起，成为一名普普通通的工人。温州人之所以能把生意做到世界各地，这和他们家庭教育分不开，虽然家族观念很强，但是从来不溺爱子女，不管父母的生意做得多大，不管孩子多优秀，都要从基层做起。他们很清楚，商海大潮中，做生意是门学问，需要日积月累，慢慢学习，父母的经验、知识，没有办法全部装到孩子的脑袋里，他们必须靠自己摸爬滚打，逐步成长。

也可能是骨子里传承着父母的商人因子，年轻的李国富对市场风向，有着超乎常人的敏锐。

刚到广西，李国富就发现了当地的纸巾和温州的有很大不同。广西甘蔗资源丰富，造纸厂大多选用甘蔗渣，因而纸张的韧性比较强。温州的纸大多选用麦草、稻草为原料，纸张韧性差，有些餐厅使用的纸巾，沾水就破，尤其是经常会有纸巾碎屑沾到男性胡子茬上，很不雅观。

他一度想要好好利用这种资源，在老家温州开一家纸巾厂，做最好的纸巾。但是问题来了，把甘蔗渣运到温州，运输成本太高，纸巾的成本降不下来，市场就很难打开。在广西建纸巾厂也不现实，纸巾质量轻、体积大，同样面临着运输成本过高的难题，最便宜的是海运，但是纸巾最怕浸泡，万一货仓进水，那将面临巨额的损失。权衡再三，李国富还是放弃了。

中国物流业在2000年，进入了飞速发展的阶段，李国富所面临的运输的问题，已经不再成为某个产业发展的瓶颈和限制。如果当年李国富投身到纸巾业，大概今天，我们看到的就是纸巾大王李国富了！

俗话说，上帝给你关上一扇门，必定会为你打开一扇窗。但是那些年，李国富兜兜转转，始终没有找到通往成功的那扇门。

一次工作中的意外事故，让李国富的小手指严重受损，最终失去了一节手指。这对李国富来说，是个不小的打击，他总觉得不应该把大好青春浪费在和机器打交道上，一定有更适合他的事业等着他，于是他决定离开父亲的工厂，开创自己的事业。

寻找商机，考察项目，四处撒网，一晃两年过去了，李国富还是没有找到方向，就像是无根的浮萍，不知道何处才能生根、发芽、开花。

机遇从来不会错过有心人，不久后，他结识了一位生命中的贵人。

与林大哥的相识，是在一家酒吧。彼时，奔波辛劳的两人，不约而同来到酒吧，相邻着坐下打算喝一杯，放松一下心情。两个陌生人的交流就在这种轻松的状态下进行着。通过交谈，他们对彼此的情况有了大概的了解，话越说越投机，也就在这时，李国富已经不知不觉来到了通往成功大道的路口。通过林大哥的介绍，他接触到了电力设备行业，事业也由此正式起航。通过做电力设备，赚取了对他来说的人生第一桶金，并由此积累，使自己的事业向着更广阔的空间推进。

短短几年，李国富像一只敏锐的鹰，张开翅膀，在一切能发现商机的领空寻找机会，让自己越来越强大。他早已不是那个在父亲的羽翼下憧憬未来的男孩，而是渐渐成长为一个成功的商人。

这几年，随着南宁国际机场，地铁1、2号线，广西体育中心，广西会展中心，帝王大厦等工程的建设完工，李国富和他的“华克电气”也是声名远扬，在八桂大地上，“华克电气”已经成为品质的代名词。

“人生际遇就像酒，有的苦，有的烈。”李国富的人生就如这句歌词，时常经历着纷繁的起起落落。在电力设备倾注心血获得成功后，他把目光转向了矿业、房地产、航运等其他领域。也许对市场并不熟悉，也许运气差了点，也许只是命运想给他些考验让他更成熟，在这些领域的投资，多以受挫告终。屡战屡败、屡败屡战的经历没有击垮年轻的李国富，从挫败中走出来的他，没有过多将情绪停留在失败中，而是很快投入到自己的主业中。也正是在电力设备这一行业的深耕挖掘，使他一次次恢复能量，帮助他重新站了起来。

1997年到现在，已经有二十多个年头了。二十年走来，李国富结识了很多朋友，有一些成了他的莫逆之交，就像林大哥，是他生命中的贵人。

在岁月的洗礼中，林大哥对他而言，早已不仅是于己有恩的人，更是经历了几十年风雨后，仍然能坐着聊聊天、喝喝茶的至交好友。

在广西的这二十年，他乡早已变成了故乡。因为各种机缘，他认识了做房地产的李永超、做燕窝生意的紫愈，也正是因为他们的关系，他认识了更多参加戈壁徒步的人，并成为桂商战队的一员。

午夜时分，手术还在进行。李国富思绪万千，想起这些年，和自己并肩奋斗的同事和工人。不管多么紧急，只要他一声令下，工人们吃住在厂里，24小时加班加点，抢工期赶进度，关键时刻，没有一个人掉链子。包括这次戈壁徒步众筹，厂里的每个工人都积极支持他，让他心里暖洋洋的。

作为一个民营企业家，他于2014年重新投入电力设备行业。仅两年时间，公司业绩就达到1.2亿元，2017年要冲刺2亿元目标。加上他，整个厂共有72人，人均产出300多万元，这在业界也是非常罕见的。而能达成这个目标，是和“华克电气”每个人的勤奋努力分不开的，因而李国富格外珍视这些跟他并肩战斗的工友们。

他清楚地知道，老板再有钱，也得依靠这些工人，他们干着又苦又累的活，而且大部分都是来自农村，是家里的顶梁柱，所以每个月，即使自己手头的现金再紧张，李国富也会想办法准时给员工发工资，工人每月四五千块钱的工资也许就是他们家里最重要的一笔进账。作为一个企业家，他深刻懂得自己肩负的责任，工人给他创造财富，他就要给他们安稳的生活，这不仅仅是做企业的基本，更是做人的准则。

早上8点，骨科主任亲自给李国富打电话，告诉他，手术很成功，但是还要经过24小时观察期，才能确定断指是否成活，而且由于工人的手指横截面是粉碎性骨折，所以有可能需要二次手术！

听到这话，李国富情绪忽然激动起来，他冲着骨科主任坚决地说：“这个手术必须成功，否则我对不起我的员工和他的家人，有任何需要，你尽管说，我全力配合！”

骨科主任被他打动了，感慨地说：“你真是个好老板，为了工人不惜一切代价，就冲着你这份心，我一定会全力救治！”

放下电话，李国富悬着的心也放下来了。这时候，他想起桂商战队的队友们，他们现在是不是已经在出征的路上了？

5 兵分五路，敦煌我们来了！

在南宁吴圩机场，紫愈的眼睛不由自主地到处寻找，她内心还是有点小小的期盼，或许Z和自己乘同一班飞机吧？如果能偶遇他，是前缘未了，还是老天的刻意安排？

同行的队员看出来紫愈的忐忑，打趣说："老天很忙的，不会管你这种小事啦！"

紫愈也知道，距离上一次见面，已经4个月了，大家在同一个城市，也有共同的朋友，想见面，怎么都会见到，就当是自己的痴心妄想吧！

记得《大话西游》里，紫霞说过："姻缘嘛，上天安排的最大嘛。"如果真是上天的安排，那紫愈该何去何从呢？

兰州开往敦煌的火车，有18节车厢，紫愈竟然和他同一节车厢！

也不知道是因为愿望成真，还是再次见到他的喜悦兴奋，紫愈一路上都在莫名其妙地傻笑，就像一个情窦初开的少女！两个人都能感受到来自对方的磁力，却故作姿态，装作坦然淡定地和朋友聊天，就仿佛对方是空气一样。可是，爱过的人都知道，此时此刻，此情此景，真是"别有幽愁暗恨生，此时无声胜有声"啊！

一路上，两个人没说一句话，空气中有种尴尬在蔓延……

老赵听说何海峰要去敦煌徒步，力邀他先到青海小停，然后开车送他们去敦煌。何海峰觉得这个主意不错，就在群里放出消息，潘灯和拉姆积极响应，她们两个人都没去过青海，也想借这个机会去看看茶卡盐湖、青海湖的美丽风光。

于是他们三个人，提前定了机票，在5月11日晚上，在西宁汇合。

因为何海峰的飞机晚点，最晚一个到达西宁。老赵的左手受伤骨折，还打着绷带，但老朋友从远方来，不亦乐乎，亲自开车迎接。何海峰一到酒店，就感受到浓浓的热情，拉姆和潘灯还有其他的朋友，已经喝嗨了，看到何海峰进门，竟然举杯齐声唱起了"远方的朋友来相会"！

何"政委"与受了伤的老赵

拉姆在敦煌

桂商战队在贵德国家地质公园

5月12日，他们开始了在青海境内的旅程。

第一站：塔尔寺。

相传塔尔寺是格鲁派创始人宗喀巴大师诞生地，该寺规模宏伟。拉姆是格鲁派弟子，这个名字是师父给她取的，是"吉祥天女"的意思，到这里来朝圣，就像回家一样亲切。这几年，拉姆遇到了人生中难以释怀的心结和苦难，全靠着师父的点化，才逐渐走了出来。而今，她的身上，丝毫看不出过去的悲伤。

第二站：拉鸡山。

第三站：贵德国家地质公园。

第四站：青海湖、二郎剑景区。

沿罗豆段、巴豆段等高原路段行驶170公里，到达二郎剑景区。沿途的高原风光美不胜收，让从南国都市而来的客人一路惊叹。可爱的高原鼠兔，在路旁的草地上悠哉地看着这几个大呼小叫的陌生人。

他们在高原上尽情玩耍，恣意奔跑，跑雪球，打雪仗，玩得不亦乐乎。

有老赵在的旅途就是快乐的旅途。一路上老赵与朋友们谈笑风生，他以诙谐、幽默的方式跟大家讲述着青海的历史文化及风土人情，时而欢快，时而高歌，逗得朋友们笑得前仰后合。老赵看到朋友们这么开心，心里也有说不出的喜悦。

13日，他们到了著名的茶卡盐湖。

茶卡盐湖的"茶卡"是藏语，叫盐

在高原上放飞心情

在大柴旦检查站，突遇暴风雪，有警察提醒大家注意安全

池，也就是青海的盐。茶卡盐湖是有名的天然结晶盐湖。盐粒晶大质纯，盐味醇香，是理想的食用盐。

茶卡盐湖与其他盐湖不同的是，茶卡盐湖是固液并存的卤水湖，镶嵌在雪山草地间。盐湖水域宽广，银波粼粼；天空白云悠悠，群山环绕，蓝天、白云、雪山映入湖中，如诗如画。

他们几个人都被大自然的鬼斧神工震撼了，远望去，盐湖的尽头和天空融合在一起，天中有湖，湖中有天，难怪茶卡盐湖有着“天空之镜”的美称呢！

他们继续向大柴旦行进。还没有离开茶卡盐湖，就遇到了暴雪，来自温州的潘灯兴奋地跳下车去拍照，帽子被大风吹走，她一路狂追，惹得大家哈哈大笑。

没想到的是，风越来越大，还发生了沙尘暴。景区的游客纷纷往外走，几个人也随着人流向外走。强劲的风，吹得很多壮男都站不稳，更何况是拉姆、潘灯这样的弱女子，拉姆只能随手抱住了一根柱子，生怕一松手就被吹到湖里去。风卷起地上的盐粒，打在脸上、眼睛上，生疼生疼，拉姆想：我为什么要来这个鬼地方，简直是自讨苦吃！

风稍微小一点了，几个人回到停车的地方，启动，踩油门，逃命似的冲了出去。

车在狂风暴雪中行进，惊魂未定的几个人还在声讨着高原的“鬼天气”。没想到的是，前方一下子变成了晴空万里，白云朵朵，就仿佛穿越时光隧道一样，让人进入令人叹为观止的美丽新世界。

或许这就是高原的魅力吧，给你最痛苦的折磨后，再给你最惊艳的美景，让你不能不印象深刻，不能不深深着迷。

惊叹之余，几个人纷纷下车拍照，发朋友圈，引得其他队员羡慕连连。

大柴旦的雪山脚下，有个天然温泉，几个人相约去泡温泉。虽然温泉的环境一般，设施也很简陋，但是泡在泉水里，这几天的疲惫一扫而空，感觉舒服了很多。

没想到的是，拉姆第二天就病倒了，喉咙疼，说不出话来，眼睛也是

逃出暴风雪之后是晴空万里

抵达美丽的小城大柴旦

通红的。老赵和何海峰帮她买了药，同去的朋友还带了红糖，煮了红糖姜水，让拉姆驱驱寒。朋友的关心让拉姆感觉心里暖暖的。

下午6点，他们抵达敦煌，和其他队员汇合。

这一路上，西宁老赵给大家留下了十分深刻的印象。

老赵叫赵明，浙江人，从事亮化照明工程。他总是说，自己命中注定就是做这一行，要不怎么能叫这个名字呢！

老赵从小在青海长大，骨子里已经浸染了高原人的豪爽与开朗。虽然是“60后”，心态却像“90后”的大男孩。他很有才，很幽默，唱歌又好，很多“赵氏经典语录”，让人过耳不忘。

一见面，他就对几个美女说，我是个有身份……证的人！

车行进在荒无人烟的戈壁滩上，他说，这里除了畜生和人，什么都没有。

他还会拍着自己的啤酒肚说，我满腹经纶，看我肚子就知道了！

他情商高，智商高，有着江南才子的相貌和精明的脑袋，把自己的一生规划得非常完美。他总说，在这个属于男人的好时代里，不能虚度光阴，要不就白来世间走一遭了！他总说自己生活幸福，工作满意，每天早上都会笑着醒来。

他的乐观，他的宽容，都深深地感染着每个人。他就像一个移动的正

桂商战队成立了

能量加油站，随时随地为你鼓劲加油。虽然他像“老顽童”，但是，看到其他人身上有问题，他也会温和地提出来。就算酒过三巡，醉意八分，他也没有忘记自己老大哥的责任，积极地帮拉姆相亲。他就是这样一个人，像春天的阳光，夏天的凉风，让你不能不喜欢他。

到达敦煌后，老赵说，他顺利地完成了任务，准备启程回西宁了。在大家的一致挽留下，他在敦煌吃了一顿告别宴。

宴会上，大家尽情喝酒唱歌，老赵还不忘打趣大家：“你们要努力拼搏，为桂商战队争光。我远远地看着你们呢，看看谁偷懒，谁落在后面了……”

那一夜，大家都喝醉了，醉卧在敦煌的沙漠上，一起拥抱，一起唱着为老赵编的歌曲：

老赵老赵我爱你，
阿弥陀佛保佑你，
愿你天天好身体，
快乐又如意！
……

“劝君更尽一杯酒，西出阳关无故人。”

大家一一和老赵告别，再会了，老赵！

出发之前的一个周，孔艳的行程已经安排得满满当当，飞郑州，飞北京，飞上海，哪个行程都不能取消或推迟。如果把所有事情都办完回到广西，再飞兰州，时间肯定来不及，于是孔艳决定带着徒步的所有装备行李出差！就这样，孔艳拖着一个超大的行李箱，绕了小半个中国，终于按照原定的时间，赶到了兰州。

从兰州坐火车到敦煌，在火车站，孔艳走错了候车厅，误了火车。她看到候车厅里有几个人，穿着冲锋衣、徒步鞋，背着户外背包，猜也猜得到是同行人，她主动上前打招呼。原来他们是从广东过来的，也要去参加戈壁徒步。几个人结伴坐上了去敦煌的火车，自我介绍之后，孔艳惊喜地发现，其中有一位的老家竟然是凭祥！这一下子拉近了他们之间的距离，凭祥大哥开朗健谈，他们一路欢歌笑语，火车向着敦煌飞奔而去……

燕公子从新加坡出发，经停昆明，再转兰州，折腾了十几个小时，也如期抵达。

大洋从湖北赶赴兰州。

再加上从西宁自驾到兰州的何海峰、潘灯、拉姆一行，桂商战队12个人（共15人，其中罗司令、李国富退出，陆凌飞当时在另一战队），兵分五路，集结敦煌！

6 全队总动员，制订战术方针

在敦煌的出征大会上，桂商战队的12名成员第一次全部聚集在一起，他们简单地做了自我介绍，大家互相拍照、敬酒，个个神采飞扬。或许是因为组委会宣布了第一天的徒步不计成绩，只要18点之前赶到宿营地即可，大家还沉浸在新知故友喜相逢的兴奋中，没有把接下来的比赛想得太艰苦。

军师慕蓉，根据每个人的身体素质，把全部队员分成了四个梯队。

第一梯队：何海峰，曾宪国，孔艳。

第二梯队：谢谢，燕公子，潘灯。

第三梯队：大洋，紫愈。

第四梯队：李永超，拉姆，邓欣。

慕蓉是自由人，担负着沟通联系、及时调整战术、掌控整个团队前进节奏等工作。

慕蓉指挥大家整理检查了每个人的装备，把各种物品分类打包，有些需要随身携带，有些则需要由后勤保障车拉到第一天的宿营地。

虽然在比赛之前的筹备阶段，慕蓉一再强调，务必要准备一套合适的徒步装备，但在检查的时候，还是发现了很多问题，比如，曾宪国根本就没有买装备！他穿着平时穿的休闲鞋和运动裤，竟然连防沙套都没带，慕蓉的头"嗡"的一声就大了！沙漠路段土质松软，沙子灌进鞋子里，走不了多久，脚上就会起水泡！

这次徒步，地形和地况很复杂，不仅有沙漠、戈壁，还有山路。沙漠里地面温度高达50多℃；戈壁滩上有很多锋利如刀的小石头，随时随地能伤害到脚掌、脚踝；沙子进到鞋子里，很容易磨出水泡。但在这些从来没有见过沙漠的队员眼里，只有"大漠孤烟直"的壮美，根本看不到这些潜在的危险。

慕蓉生气地说："让你疲惫的，不是遥远的路途，而是鞋里的一粒沙！这句话，你难道不知道吗？"

曾宪国不紧不慢地解释说："工作太忙，没时间买装备，我有徒步经验，没问题！"

其他的四位男队员，没有带多余的徒步鞋，周围也没有商店，所以，大家也只能由着曾宪国去了！

慕蓉为这次徒步做了充分的准备，光沙漠徒步鞋就带了四双，还带了专用的袜子。在这种远距离、高强度的运动中，双脚承受的负担和压力最大，如果保护不当，走完108公里全程，是件很困难的事情。

戈壁徒步，最终让你止步的，不是体力，而是受伤的双脚。长时间的行走，血液都聚集到双腿和双脚，致使双脚肿胀，鞋码也需要大一号，穿着正好的鞋子，在徒步的后半程会挤脚，因而更容易磨出水泡！

这不能怪任何人，毕竟大家都是第一次参加戈壁徒步，也没有受过专业培训，顶多算业余队的水准。但是业余队怎么了？说不定也能获得出人意料的成绩呢！

由于慕蓉的认真和严厉，使得场面一度有点尴尬，这时候，队长李永超站出来告诉大家一个消息，才把气氛缓和下来。他说，刚才给李国富打电话了解到，断指的员工，今天进行了第二次手术，手术很成功，需要观察24个小时，才能确定再植断指是否全部成活。

何海峰不想说泄气的话，就给大家鼓了鼓劲，再次强调了徒步过程中的一些基本常识和注意事项，就嘱咐大家早点休息——毕竟第二天6点就要起床，大家必须要养精蓄锐，整装待发！

桂商战队成立了——正式亮相

第四章

第一天，28公里

1 与戈壁沙漠的第一次亲密接触

队长李永超有个习惯，有事情要办，就会提前醒，所以第二天早上6点钟不到他就起床了，忙着招呼队友们起床吃早餐。

在餐厅里，他们遇到了几个奇怪的人。有的走路一瘸一拐，有的扶着墙壁，慢慢挪动，仿佛每走一步都要承受巨大的痛苦一样。无一例外的，他们都是目光呆滞，满脸疲惫，一副生无可恋的表情。

看到他们，队员们心里有点发怵，戈壁沙漠或许并没有想象的那样美好壮观，难道它真像传说中那样残酷可怕吗？

容不得仔细琢磨，集合的哨声已经吹响，所有的队员都到大堂集合。出发前李永超和何海峰、慕蓉，又开会强调了一下纪律和分工问题，检查了队员们的装备情况——基本上还是不错的，于是大家一起来到出征点。

到达出征地点，蔚为壮观的景象让大家感到震撼，1022名参赛者，81支战队，加上工作人员，差不多有1500人。这在沙漠里可是百年不遇的壮观场面啊！

现场锣鼓震天，振奋人心，队员们的情绪都被调动起来，个个都跃跃欲试，恨不得马上冲出去。

5月16日，天气晴朗，虽然是5月份，戈壁的温度已经超过30℃。放眼望去，一望无际的荒凉，视线内没有什么高大的树木，阳光蒸腾着铺在地面上，广阔的砾石大地向无限远处延伸，一眼望不到尽头……

出发之前，各个战队都在出征点集结，大家在热身，做准备活动。有的战队正整齐划一地做着拉伸，动作规范，特别专业。桂商战队的队员们偷瞄着他们，心里就开始发毛，当看到有人“咔嚓”一下就来了个一字马的

蔚为壮观的出发场景

时候，每个人心里都是“拔凉拔凉”的。大家互相对视，谁都没开口说话，何海峰心里开始打起鼓来：咱们队里这些人行吗？

这时候，一阵密集的鼓点响起，出发的信号响了！

一千多人的徒步大军，以各种姿态，冲向了戈壁滩。桂商战队的12个人，举着队旗，兴奋地喊着“桂商桂商，威震八方”，加入了人潮，迈出走向戈壁的第一步。

每个人都豪情万丈，信心“爆棚”。戈壁大漠，我来了！我要征服你！

桂商战队每3人一部对讲机，每人背着大约3千克的水和补给，燕公子的包里放了好多吃的，估计有十几斤，真担心她到后面能不能走得动！

刚走没几步，潘灯就觉得不对劲，她赶紧拉住紫愈，两个人跑出去很远，躲到沙丘后面一个没有人看到的地方。

戈壁沙漠里没有洗手间，这对女性来说尤其麻烦，想要方便，还要再找一位同性队友帮忙把风，一边方便还要东张西望地观察四周。在戈壁徒步，路过小土丘，可千万不能莽撞地冲上去，如果不幸撞上别人方便，那场面可是要多尴尬就有多尴尬！有经验的人，在路过的时候，一定要大声地说话，或者问一句“有人吗”。

这时候，土丘后面传来潘灯的惊叫声：“啊——”

紫愈吓了一跳，赶紧跑过去问：“怎么了你，潘灯，被你吓死了！”

潘灯颓丧地说：“‘大姨妈’（女性例假）来了！”

真是人算不如天算，“大姨妈”不早不晚，就在出征这刻来了，明明不

出发前来个合影

大漠，我要征服你

在周期内啊，这时候，它来凑什么热闹？

怕连累队员要拿出时间和精力来照顾自己，潘灯嘱咐紫愈要保密。紫愈担心她，潘灯说，创业的时候，早上坐车到广东，放下行李去进货，晚上坐车回南宁，第二天早上洗完澡就又回到店里上班，这样高强度的工作节奏，她坚持了整整10年。不仅在生理期连续几天盯施工现场，就连怀孕的时候也没时间休息，还得挺着大肚子去上货。“大姨妈”到访，小事一桩啦！

队长李永超、“政委”何海峰和军师慕蓉分头带领几个队员，告诉大家不要冲太快，保存体力，每个梯队的队员最好相互照顾，不要走散。

曾宪国依旧保持着“独行侠”的高冷姿态，独自背着包，走在队伍的最外侧。走着走着，何海峰就发现，曾宪国离大部队越来越远，他不按照行进路线直着向前走，而是向着斜前方走去，怎么喊他都不回头。

何“政委”无可奈何地摇摇头：这个曾宪国，脑袋里到底都在想什么？

桂商战队的队员们，也纷纷表示，搞不懂这个黑黑壮壮的小个子！

最后大家无奈地叹气：随他去吧！

由于第一天是戈壁沙漠徒步体验日，只要全部队员都按时抵达终点即可，前六名的成绩作为评选优秀团队、排名次的参考。

大家边走边欣赏风景，边摆造型边拍照，进入戈壁，也没觉得有多么累。众人逐渐深入到戈壁腹地，这里远离尘嚣，人类活动的痕迹也越来越少，周遭也越来越寂静，手机渐渐没有了信号，远处的天际，隐约可以看见一线雪山。大自然散发出来的力量愈发强大，就连周围的空气都给你一种窒息和压迫感，这些都是每个人平时难以体验到的感受。

蓝天，白云，雪山，还有一望无际的戈壁，人处其中，格外渺小，何海峰思绪万千，感慨颇深。

人在大自然面前，不过是一沙一粒，而我们却号称万物之尊，妄自尊大地想要改造地球，改造世界。

在现实生活中，有些人为取得的小小成就而骄傲自豪，因而欲望膨胀，不可一世。倘如他能到戈壁走一趟，就会发现，大自然的宏大辽阔可以摧毁一切虚张声势，在更强大的力量面前，每个人必须学会谦卑和敬畏。

还有那些我们以为大过天、无法承受的烦恼和困难，一旦来到这里，都会变得微乎其微，不那么重要。那些我们放不下的人和事，和经历了亿万年的风云变幻的大漠戈壁比起来，还算得了什么?!

每个人在决定来戈壁徒步的时候，都不会料想到有这么深的感触。大自然的神秘力量，除非亲临现场，否则你永远也无法体会。

何海峰按照自己的步伐节奏一路走来，感觉还挺轻松，时不时用对讲机为队员加油打气，一路上与队友们有说有笑，不知不觉，已经走出去了3公里。

军师慕蓉在对讲机里跟何海峰和队长李永超联系，说在5公里处，有一座古庙，大家在那里集合，补充点能量，做做拉伸。

刚刚进入戈壁5公里，队员的体力消耗还不大，初入戈壁的兴奋还没消退，在集合点，12名队员汇合后，还嘻嘻哈哈地拍了很多照片，他们没想过接下来的行程会多么艰难。尽管你拼尽全力挪动双脚，看起来近在咫尺的指示旗，却怎么也走不到，体力几乎达到极限，绝望的情绪就会像乌云一样压在你的心上，真的会让你透不过气来，放声大哭。

沙漠里最热的时候是中午，太阳炙烤着大地，视线所及，根本看不到一处荫凉地。汗水蒸腾，体温上升，会让你对河流、树木、凉风、雪糕等极度渴望，满脑子都是一个猛子扎进河里、大口吃着雪糕的画面。更痛苦的是，想象和现实之间的巨大落差带来的愤怒、懊悔、埋怨等情绪会像魔鬼一样不时地控制着你，让你濒临崩溃。

蓝天，白云，雪山，还有一望无际的戈壁

大家在集合拉伸

戈壁徒步，是极限挑战，无论是身体上还是心理上。

5 公里，对于桂商战队的 12 个人来说，仅仅只是开始。

经过短暂的休整，队员们又继续出发了。

走过一段戈壁路段，就看到峡谷地貌了。大部分桂商战队的队员，都是第一次走峡谷，大自然的鬼斧神工，震撼了每个人。山谷里除了这群闯入者的喧嚣之外，寂静如外星球一般，两边都是高低不齐的奇峰峭壁，仿佛是一个个沉睡了千年的远古巨人，让人不由得心生敬畏，屏息凝视，生怕一不小心惊扰了他们。如果不是这么多人同行，还真让人有点恐惧。

虽然第一天不计成绩，但是何海峰还是想冲击一下名次。他觉得，既然叫戈壁徒步赛，那就要全力以赴、勇拔头筹，不管是体验日还正式比赛。就像人生中，超越对手并不值得炫耀，超越自我，才是最伟大的胜利！

为了争取时间，何海峰拿着队旗，埋头向前冲，甚至连拿出对讲机和其他队员联系的时间都没有。走出没多久，何海峰发现，周围的人越来越少，而对讲机也没有了信号，戈壁中，除了自己的呼吸声，几乎听不到任何声音。此时的他心里反而变得坚定而纯净，在这无边无际的戈壁大漠中，渺小的自己把双脚交给沙土，除了坚毅地一步一个脚印往前走，其他一切都不重要了。简单的行囊，简单的食物，简单的行为，简单的想法，简单的坚持，没有过多的抱怨，没有过多的要求，只有一个信念——用双脚丈量每一寸大地！

孔艳习惯了独处——平时工作压力大，公司事务繁杂，她需要谨慎对待，冷静处理，所以养成了这个习惯。相比于成群结队，她更喜欢一个人行走。她享受这种独处的时刻，走在沙漠里，向前看不到前路，往后看不到来路，强烈的孤独感，会让一个人情不自禁地热泪盈眶。

长期的运动训练教会了她均衡发力，从5公里集结点出发后，孔艳就按自己的节奏，稳定且坚定地走着。一起出发的队友，有的已经远远地被她抛在了后边，有的远远地把她抛在了后边，但这都不能影响她的步伐。苍凉的戈壁，身临其境，才能领悟“穷荒绝漠鸟不飞，万碛千山梦犹懒”的意境。平静的戈壁，有它独特的美。漫漫黄沙中，远远长着一簇簇沙棘，即使是灰蒙蒙的，也让人感受到生命的顽强。走到一处沙丘，站在最高处放眼四望，黄色的沙与蓝色的天在远处交汇，孔艳就这样边走边欣赏着映入眼帘的戈壁风光，庆幸自己参与了这次活动。

有时候，经过的都是相似的风景，孔艳不免有些审美疲劳，刚进戈壁的兴奋慢慢被渐生的疲倦所代替。孔艳就原地停下来，调整一下呼吸，喝几口水，站在那里休息两三分钟后，又向前方走去。

处在人群中尚且会捕捉到孤独的气息，更别说在这广阔而苍茫的戈

队员们的各种摆拍

壁。独自行走的旅人，在一眼望不到尽头的路上走着，就像一个人在人生漫长岁月中看不到前路的漂泊。

这种孤独感，似曾相识，孔艳已经许久没有细细品味这席卷而来的孤独了。日常繁忙的事务，让她无暇顾及自己的精神需求，而此时一个人跋涉，使她有了充分的时间，咀嚼这孤独所包含的真正滋味。考虑要以怎样的毅力去克服自然环境对身体极限的挑战，要以怎样的心力去驱散孤独感对意志的吞噬。

孔艳是河南人，2002年大学毕业后，就去了深圳，在那里，孔艳遇到了她的初恋。一年后，她追随着爱情的脚步，来到凭祥，和男友携手创业。后来两个人因为种种原因分手，男友回家乡去了，好强的孔艳决定留下来。现在回想起来，孔艳还是很佩服当时的自己——离乡背井，异地拼搏，唯一可以依靠的人离开了，留给她的是个完全不熟悉的行业；举目无亲，也没有同学、朋友，大小事情都要一个人面对，身边也没有可以商量的人。那种深不可测的孤独，还有对不可知的未来的担忧，比现在所面临的，要大百倍！但这些渐渐地练就了她强大的心理承受力，时至今日，她已经坦然接受，并且学会享受孤独了。

刚接手公司的时候，正是进出口贸易公司的起步阶段，对一个新手来说，这意味着要在很短的时间内掌握大量专业术语，涵盖报价、订货、付款、备货、包装、通关手续、拼集装箱、运输保险等非常繁杂并充满技术含量的流程；还意味着要在这个领域逐步建立自己的客户网络，搭建自己的生意圈。她回忆着那时青春昂扬的自己，是以多么强悍的勇气，坚持着一路走下来，在一个陌生的地方、陌生的领域扎了根，生存下来，而且越来越强大的。

正如远处一簇簇低沉而顽强生长的沙棘。孤独吗？是的。

可那又怎样，孤独正如这表面荒芜而内涵丰富的戈壁大地，只要能汲取到它的养分，就能成就生命的成长，默默开出花来。

回忆起这段往事，孔艳一次次地问自己，如果人生可以重来，她会不会还选择来凭祥？每一次，她的回答都是一定会，这条路她没走错。

孔艳就这样边想边走，想着过往，想着公司目前的难关，想着未来的发展，思维跟着身体走了十几公里，思维还自由飞扬着，可支配身体的脚开始给她以颜色。在黄沙砾石中行走毕竟与在正常跑道甚至平常马路上走有太大的区别，况且还要走三十多公里。

孔艳隐隐感觉到有些疲累了。

2 要么一声不吭，要么一鸣惊人！

曾宪国建筑帝国大业——风雨15年

“独行侠”曾宪国

从集结点出发后，曾宪国依旧是单枪匹马，孤身上路。

此时的他，只是想静一静，不想被任何人打断思路。走路对他来说，是挑战，更是重新整理自我的方式——远离工作的繁累，远离都市的喧嚣。此刻的曾宪国思绪开始沸腾，往事历历在目。

曾宪国的公司遇到前所未有的困难。他知道，只要坚持坚持再坚持，就一定能渡过难关，毕竟这么多年，走了那么多弯路，遇到那么多挫折，他都挺了过来。

能把事业做大做强，就是凭着一股子不服输的劲儿。想当年，他从老家湖南新化出来，跟随着大批从事建筑业的老乡南下广西，开始了他的人生新里程。

1992年春节过后，16岁的曾宪国跟着舅舅出来打工。那时候的曾宪国又矮又瘦，还不到50公斤，连磅秤的秤砣都打不起来呢！找了几家工地，舅舅很快找到了工作。老板看着曾宪国直摇头，说：“不缺小工，就算找，也得找个人高马大有力气的吧？”

找不到工作就没有地方住，曾宪国就只能死皮赖脸地跟着舅舅住在工地的工棚里。这下子，老板娘不乐意了，一个人干活两个人吃饭，这怎么能行！你们还是另外找活儿干吧！

话都说到这份上了，好强的曾宪国也不好留在工地白吃白喝，于是他早上就出去找活干，晚上等老板娘熄灯休息了，才回到工棚睡觉。那段日子，找工作屡屡受挫，没钱吃饭，就捡易拉罐、矿泉水瓶子，卖几毛钱，买个馒头，喝点自来水。

一直到阴历三月三，曾宪国已经两个多月没找到工作，他都有点绝望了，是不是当初就不该出来?

三月三在广西是个盛大的节日，相当于汉族的春节，当地的工人都要回家跟亲朋好友聚会，欢度佳节。工地上一时人手短缺，舅舅给曾宪国介绍了一份工作，在工地上浇筑混凝土。这份工作来之不易，所以曾宪国干得格外起劲。

在这期间，发生了两件小事，彻底改变了曾宪国的人生。

第一件事，工地上有个小工，看到老板不在，就跟曾宪国说："你先替我干一个小时，我去睡会儿!"讲义气的曾宪国一口答应了。装着混凝土的小推车重达300斤，那个人负责的楼层是一楼，曾宪国是三楼。为了节省时间、赶进度，曾宪国只能加快速度，一路小跑，送完三楼再送一楼，手上很快就磨出了血泡。

没想到的是这件事被老板发现了，老板辞掉了那个小工，看着曾宪国满是血泡的手，他记住了这个傻乎乎的小伙子。

曾宪国特别爱学习，送混凝土的时候，他就刻意留心技术工人是怎么来搭建模板、安装钢筋的。下了班之后，他还跑到工地去研究。久而久之，他发现了一个问题，工人们把拆下来的模板和钢筋到处乱放，需要用的时候，才手忙脚乱地到处找，耽误时间，影响进度，效率低下。

于是曾宪国下班之后，就按照规格和尺寸，把模板和钢筋分类整理好，第二天，工人们的效率明显提高。这件事，让老板对曾宪国刮目相看，他渐渐喜欢上了这个爱动脑筋的小伙子，还给了他两个小工，让他带着干活。没过多久，老板干脆把整个工地上的五六十号人，都交给曾宪国管理。

曾宪国的老板在广西闯荡了很多年，也累了，想回家乡发展。临走之前，他把自己在广西的所有关系和资源，都给了曾宪国。

临行之前，舅舅、曾宪国和老板一起喝酒，老板对舅舅说："小曾比你强。你安排的事，他从来不耽误，心又细，肯动脑子。你带的人，人均效率没有他带的人高！小曾他，将来肯定能超过我!"

舅舅不服气，说："他是初中生，我是高中生，他比我强，不可能!"

老板说："不信你就走着瞧!"

看着舅舅和老板两个人，曾宪国傻笑着，也不说话，但是他心里暗暗下了决心，别人能做老板，我也能!

曾宪国的老板梦，很快就实现了!

1992年年底，有人找到曾宪国，说在广西凭祥有个活儿，很急，两层楼的学校，农历二月开学的时候，就要完工。

临近年底，工人们都已经收拾行囊回家过年，根本找不到人手。曾宪国就一家工地一家工地地找，自己掏腰包给工人们补贴过节费。他当时只有一个想法：赚不赚钱不重要，顺利完成这个活儿，就是为了证明自己能独立承接工程，这是当老板的第一道门槛，只要他曾宪国跨过去，就离自己的梦想越来越近了！

曾宪国都不记得跑了多少家工地，说了多少好话，终于把人凑齐，按时把工程做完。

因为工程按质按量按时完成，曾宪国的名气在湖南老乡中逐渐打开了，他接到的工程越来越多。

从1992年到2007年，这15年中，曾宪国吃了多少苦，受了多少罪，只有他自己心里知道——

1992年的时候，他的手指头被砸断了，只休息了两周，他就回到工地上，没想到的是，搬东西的时候，又不小心弄断了。工友劝他去医院，曾宪国不想因为受伤而失去工作，他嘱咐工友不要声张，自己采了点草药敷上，用纱布缠住，又回到工地上继续干活。由于治疗不及时，留下了终身遗憾。

做建筑这一行，其中的苦和累，外人难以想象，尤其是建筑行业的工人学历普遍都不高，想要做好这一行，必须要学会用脑力指挥体力。

曾宪国只有初中学历，又没有时间去进修学习，所以他就把工地当作是学校和课堂。看不懂图纸，他就缠着工程师，不停地问来问去，他甚至会用尺子把建好的楼层测量一遍，画出图纸，然后再跟工程师的图纸比对。就是这样一点一滴的积累，曾宪国慢慢地成了建筑业的行家里手。

同是做建筑的，有些人赚了钱后，就天天泡在歌厅里和酒桌上，美其名曰交际应酬走关系，工地上的工作也是应付了事。在曾宪国眼里，那都是在浪费时间，这个世界上，最硬的关系，就是质量！工程质量上不去，走再多的关系也是白费！

做了这么多年生意，曾宪国也交了很多朋友。在事业上，要讲质量过硬，在人际关系上，要讲以心换心。

曾宪国记得，自己有个合作得不错的老板，他养了很多年的乌龟突然生病了，不吃不喝，查来查去查不出原因。曾宪国得知这个消息后，想起自己有个同学在老家的农科院，就打电话回去，同学给他推荐了几味中草药，曾宪国配好药，送了过去，后来乌龟吃了药，渐渐好了起来。那个老板觉得曾宪国不但工作认真，还是个有心人，两个人逐渐成了要好的朋友，他们之间的合作也一直延续到了今天。

这15年间，曾宪国每天都会准时准点出现在工地上，戴着安全帽，灰头土脸地检查工程质量，解决技术难题。他所在的班组，是唯一没有出现过质量问题的班组，还曾经获得广西建工集团的“优秀班组”奖。那个时候，曾宪国的名字就是一块金字招牌，在业界那可是赫赫有名，曾经被当作广西建筑界的“王牌军”来宣传推广。他的名字和照片，也不断地出现在报纸、杂志上。最忙的时候，曾宪国负责18个工地之多。

厚积薄发，经过15年的沉淀与积累，曾宪国在各界朋友的帮助下，成立了自己的建筑公司。

从那之后，他的人生步入了快车道，春风得意，一帆风顺。直到2013年，由于对朋友的过度信任，他不断垫资，致使公司亏损几千万之巨，把自己拉进了事业的低谷。

人生的经历，就像电影一样，不断地在曾宪国的脑海里播放着。高温的沙漠，蒸腾着烟雾，他气喘吁吁，心跳如擂鼓，即使承受着这般折磨，曾宪国的脚步也从来没有停止过。他觉得越走越有劲，身体里仿佛爆发出无尽的潜能，促使他一路向前，永不停息！

他知道，磨难终将会过去，坎坷也会过去，就像这大漠戈壁，只要他有信心、有毅力，终将会将它彻底征服！越走越坚定，越走信心越足，他知道自己已经做好充分的思想准备，扬帆出海，东山再起，再次一鸣惊人！

3 追追追，我一定要追上你！

紫愈与Z先生

对紫愈来说，Z简直就是“阴魂不散”！在哪里都能看到他的身影——来敦煌的火车上，两个人一个车厢。

在酒店的餐厅吃饭，两个人竟然坐在隔壁桌。掩饰不住内心的喜悦又

姜紫愈一路追追追

怕被发现，紫愈竟然跑到餐厅外哈哈大笑，笑够了才一本正经地回到餐厅。路过他的座位时，紫愈多希望他能给自己一个会心的眼神，可是他竟然在旁若无人地高谈阔论。

在前台拿房卡的时候，一转身差点撞到他。

去酒店门口透透气，却发现，他正独自一个人在抽烟。

前往出征点时，两个人又坐上了同一辆大巴车！

偶然还是奇迹？

拜托了，丘比特，不要再乱放箭了！

刚刚平静下来的那颗心，又开始蠢蠢欲动了……

紫愈是白羊座，好奇心一旦给勾起，就一发不可收拾！要做的事，那可是非做不可！要爱的人，非爱不可！

从出征点出发之后，紫愈虽然和队友们有说有笑，但是她的眼睛一刻没停止搜寻那个熟悉的背影。Z穿着一件柠檬黄外套，一路上，柠檬黄就成了紫愈的目标和动力，不管多远，只要看到，她的眼睛顿时光芒四射，脚底生风，"嗖嗖嗖" 地就追了上去。

刚走了没多远，紫愈就注意到Z走在自己后面，正和一个女队员有说有笑。她故意放慢脚步，保持着不远不近的距离。能够和他一路同行，哪怕是一句话都不说，紫愈都觉得是件美好的事！

哎呀，糟糕！紫愈一脚踩进了松软的沙子里。鞋子里进了沙子，如果不清理，脚上肯定会磨起血泡，紫愈只能停下来，就在这时，她眼睁睁地看着Z超过了她。整理好后，紫愈焦急地寻找，但是茫茫戈壁中，早就不见了他的身影。紫愈紧跑几步，跑到一个小土坡上，极目远眺，那个柠檬黄的背影，就像蒸发了一样无影无踪，紫愈再回头看看周围，没有一张熟悉的面孔。天哪，自己和队友也走散了！

紫愈鼻子一酸，眼泪哗啦啦就流下来。

不死心的紫愈觉得，你走在我前面，只要我一直追，肯定会追上你！

于是她戴上耳机，独自前行。

听着他推荐的歌，人生若只如初见，紫愈终于忍不住哭了起来。

两个人相识，颇有戏剧性。

一次夜归时，一位女业主没带车卡，停车场的管理员不肯放行，于是女业主索性熄火，把车堵在了车库门口，进车库的车都停下了，喇叭声响成一片。

紫愈的车停在女业主的后面，看到此情此景，她强而有力的正义感瞬间爆发，她打开车门，踩着9厘米的高跟鞋，走到女车主的车前，噼里啪啦地就开始跟她理论。他的车正好停在紫愈的后面，他也下车等待小区物业处理，两人加了微信，紫愈把他拉进了小区业主的微信群。但是两个人从来没聊过天，紫愈也没有看过他的朋友圈，因为当时紫愈对他几乎没什么印象。

突然有一天，他给紫愈发微信问："你的燕窝怎么卖？我想要买一瓶试试！"这时候，白羊座的爽朗和直率就淋漓尽致地表现出来，紫愈直接回复："送你好了！"

正好那天，紫愈在家宴请邻居聚会，便让他也过来参加。紫愈得知他比自己年龄小，还半开玩笑地撮合他和另一位"90后"的邻居呢！

由于这次聚会，两个人熟悉了起来，偶尔微信上互相打招呼聊天。紫愈喜欢养鱼但是又不善此道，有一天看到他朋友圈发了个漂亮的鱼缸，她忍不住给他发微信说，要去他家看看他的鱼缸。

他热情地邀请紫愈到自己家中，给她讲解传授了好多养鱼的知识，还借给她一本书，两个人相谈甚欢。那天他情不自禁吻了紫愈，紫愈慌乱地推开他，像是受惊的小鹿一样逃跑了，捂着狂跳的心回到家中。连紫愈自己都有点吃惊，脸为什么这么红？心跳为什么这么快？完蛋，不会是对他动心了吧？

那之后，两个人都装作什么也没有发生，继续不咸不淡地打着招呼，但是那扇爱情的门，一旦打开，就再也无法关起来了！

紫愈每天都在用自己的方式关注着他，像个情窦初开的小女孩。

在紫愈家的阳台上能看到他家的阳台。每天晚上，看到对面的灯亮起来，紫愈才会安心地睡下。如果他没回来，紫愈就会心神不宁地一遍遍地张望，有时候都睡下了，还会不放心地打开窗帘看一眼。

紫愈想起有首诗，恰好能说明两个人之间的微妙："你在桥上看风景，看风景人在楼上看你；明月装饰了你的窗子，你装饰了别人的梦。"

有时候，紫愈觉得，两个人维持现状就好，有人牵挂，互不打扰。但是更多的时候，紫愈能感受到他的吸引力越来越强，她已经有点难以抗拒了。

紫愈在新加坡生活过几年，养成了吃燕窝的习惯，她经常在朋友圈发布一些燕窝的花式食用方法，收获了很多赞美之词。美人美食，相得益彰，精致而诱惑。朋友们纷纷向她了解燕窝的知识，紫愈在其中看到了商机，于是她开始深入了解燕窝的市场和利润空间，注册了"愈品燕窝”品牌，主动地去学习燕窝知识，渐渐打开了燕窝生意的市场，第一个月就赚了十几万。看到了美好的前景，紫愈逐渐地把燕窝当作长期的事业来做，慢慢地做出了口碑，做出了名气，成为八桂大地上人人皆知的“燕窝女王”。

近几年，市场竞争激烈，因为紫愈一直坚持高品质，从不销售低价的“药水燕窝”，因而销量受到冲击。她也曾经想过转行，考察过农业、环保等项目，都不是很理想。

还是黄景鹏的一番话让她豁然开朗：“紫愈，你做了那么多年燕窝，在圈子里也有那么响亮的标签，放弃太可惜了。你有没有考虑过，把燕窝做成产业链，其实是有很多关联产品的。”

关联产品！一语惊醒局中人。

再后来，紫愈在对众多产品考察后，确定成为“DOAEZ燕窝胶原蛋白营养面膜”的联合出品人，从此一发不可收。凭借一直以来建立的良好商业信用，以及在微信朋友圈树立的追求品质生活的美好形象，短短时间，紫愈就成为继“燕窝女王”后的“微商女王”，成为万人微商团队的领军人物。

燕窝面膜作为燕窝的衍生产品，积累了一定数量的客户群体。2018年初，紫愈跟几个同频的好朋友成立了自己的微商品牌——美质新生，推出了全球第一款燕窝益生菌，实现了当年销售额破亿的销售神话。由于产品质量过硬，效果显著，市场不断拓展，现在已经具有了相当的品牌知名度。按照紫愈的布局，在未来的几年内，要把这个品牌做到国货名品的前列。

品牌的初心有很多，做得大？做得久？圈一拨？到底什么最重要？紫愈的初心很简单，做来自中国的轻奢长线品牌，做智慧精英女性的孵化平台。

在生意上，紫愈处事雷厉风行，精明能干，认准的行业就会深耕厚植，勇往直前，毫不犹豫。但是在感情上，紫愈似乎是个“小白”（菜鸟），面对他的时候，年龄的差距，经历的不同，让紫愈犹豫了，她患得患失，不敢再踏出第二步。于是她选择了默默地关注。

每个人都知道，爱情如果要来，没有什么能够阻挡的了！

一连几天，看到他的车都停在车位里，紫愈心里便有了不好的预感，微信上问候了一声，才知道他眼睛发炎，一直窝在家里。当紫愈听说他这几天都没好好吃饭时，抓起车钥匙就冲下楼来到了菜市场。

买好菜，做了几个拿手菜，炖了汤，拿着冲到他家里。看吧，白羊座就是这样，明明心里害怕得要死，还是要勇往直前搏一把！

了解的人都知道，白羊座的爱，热烈而霸道，但是在紫愈心里，还是有着不安全感，这样美好的爱情，真的属于我吗？爱得被动，爱得紧张，却又爱得有点嚣张。在他面前，紫愈有时是忐忑羞涩的小女生，有时又变成蛮横霸道的大女人，有时对爱情充满着憧憬，有时会觉得未来一片灰暗，这使得紫愈变得情绪化，就像一首冰与火之歌。

爱过的人都知道，喜欢在爱情中“作”的那个人，因为爱得深，所以没有安全感。紫愈的感情，就像六月的天，时而狂风暴雨，时而风和景明，让他不知如何应对，苦恼不已。

渐渐地，两个人之间总是闹小情绪，你拉黑我，我加你，加了你之后，再拉黑，就这样折腾来，折腾去，直到他筋疲力尽，悄悄搬出小区。

两个人从此断了联系，心灰意冷的紫愈，买了一张机票就跑到旧金山疗伤。既然爱得这么痛苦，那还不如放手；既然没法给他快乐，那就不要阻拦他追求幸福的脚步；既然两人之间隔着千山万水，那不如就此别过，各自安好。紫愈的心情渐渐平息下来，回到南宁。

在朋友的接风宴上，竟然收到了他加好友的请求，紫愈的心瞬间又乱了，把手机扔到一边就跟朋友开始拼酒，她想彻底把这段感情抛在脑后，开始新生活。

强忍了一个小时，紫愈还是举手投降，按下了“同意”键。

加了好友后，两个人好久都没说话，每天晚上紫愈看着他的微信，都在生闷气，加了又不说话，那干吗还要来扰乱我的心境和生活！

就这样，日复一日，累积的怨恨越来越多，多得紫愈都快承受不了。

那天晚上，紫愈开车回家，路过他的车位，看到车位上停着别人的车。物是人非，让紫愈感慨万千，忍不住拍了张照片发给他，然后失声痛哭，语无伦次地发了一大段语音，说：“加了我，又不说话，撩完就跑，你到底想干什么？我每天看着你头像，失眠到天亮，不爱我，就别折磨我，行吗？”

从那天以后，他就删掉了紫愈的微信，两个人再也没有联系过。紫愈知道，他们之间真的结束了，可还有那么一丝丝不死心。日子平淡如水缓缓流过，直到两个月之后，黄景鹏说起这次戈壁徒步，鬼使神差，她竟然来了！

紫愈边走边哭，仿佛要把这段时间的所有委屈都释放出来一样，也不知道为什么，走了那么长的路，竟然一点都不觉得累。紫愈不知道，这四天三夜对自己来说，到底是涅槃重生还是悲伤告别。不管结果如何，用身体上的疲累，战胜情感的疼痛，如果能够跨越身体的极限，最终也能摆脱情感的羁绊吧？

途中，紫愈遇到了大洋，看到紫愈哭红的双眼，大洋担心地问她能不能坚持？

没想到紫愈坚定地说："我一定要走完！"

看到紫愈的状态，大洋觉得还是不要打扰她吧，每个人都有不能对别人言说的心事，给她一点空间，就是最好的体贴。

大洋和紫愈挥手告别，就匆匆忙忙地去追赶队友了。

4 只要一直向前，迟早会走到终点！

出发之后，谢谢和慕蓉、燕公子、大洋走一路。在5公里集结点，四人就分开了，慕蓉、潘灯和孔艳结伴而行，谢谢、燕公子、大洋一路。

孔艳因为体力好，速度快，逐渐地走到前面去了，而慕蓉因为要随时和各个梯队保持联系，提供帮助，速度时快时慢，潘灯也超越了她。

戈壁沙漠里高温干燥的空气，让从湿润多风的新加坡来的燕公子极度不适应，再加上背包超重，在5公里集结点的时候，她已经感觉体力透支，快要坚持不下去了！

背包里放了太多吃的喝的东西，一路走来，分给其他人也并没有减负太多，幸好有谢谢和队长轮流替她背着背包，才让她逐渐恢复了状态。

燕公子在来敦煌之前，除了好友紫愈，和桂商战队里其他人都没有实际见过面，本来还担心大家会不会生疏客气，没想到的是，萍水相逢，初次相识，每个人都那么热情，那么善良，一直陪在自己身边，鼓励自己。在条件艰苦的环境中，在快要坚持不下去的时候，队友的援手和亲切的话语，都让燕公子感觉到家一般的踏实和安心。

走在戈壁滩上，大洋发现，其他战队的人也都走散了，很多落单的人，都是自己一人在走，不小心摔倒了，累得跪在地上，缓口气，再撑着拐杖站起来，拖着沉重的脚步继续往前走，十分孤单，甚至有些悲壮的感觉。

也有团队协作，几个人手挽着手，喊着口号，互相加油打气一起往前走的。

大洋还看到有个10岁左右的小孩，穿着过大的冲锋衣，拉着母亲的衣襟在慢慢走着，通红的小脸上都是汗水，清澈的眼神里，满满的都是坚定。

眼前的一切，给了大洋深深的触动。此情此景简直就是人生路上的缩影，我们时而结伴而行，时而孤独上路，无论如何，我们都要向前，向前，再向前，既然已经启程，不管风雨有多大，都不言后退！

大洋是个容易感动的人，戈壁滩上的一朵小花，裸露在外面的半截古城墙遗迹，都会让他感慨万千。生命的顽强，岁月的悠长，在他的心里激起美好的共鸣。八百多年前，辛弃疾的词中写“我见青山多妩媚，料青山见我应如是。情与貌，略相似”，这次和大漠戈壁亲密接触，又何尝不是相同的心境！怀古感今，不亦快哉！能见到平日里难得一见的风景，能感受到忙碌的工作中无法体会的心灵悸动，这次就没白来！

初进入戈壁的潘灯是惊讶、兴奋的，一路洋溢着“我来了”“我可以”的喜悦骄傲。就这样，走了貌似轻松的8公里。作为一名徒步旅行的新人，这种快乐和轻松注定不会存在太

大洋：不管风雨有多大，都不言后退

队长李永超压后陪队员

戈壁初体验——拉姆与戈壁亲密接触

久，又何况“大姨妈”加身。潘灯开始时走得太快，冲得有点急，现在，腿开始有了反应，抽筋，疼痛难忍，而最无法言说的折磨，是仿若崩盘的经血。

十几公里走下来，潘灯身上早已大汗淋漓，黏腻、沾满尘土的汗水，贴着皮肤，像是长了一层青苔。如果这时候在家里，早就可以喝一杯温水润润自己干渴的喉咙，舒缓一下自己坠坠的小腹，再洗个热水澡，那该是多么清爽干净！可现在，茫茫戈壁，一个个沙丘，目测都像在一条水平线上。虽然从小到大，曾经有无数次艰难的人生经历都是自己一个人面对，但这一次，与以往不同。

戈壁，望不尽的是漫天戈壁黄沙，脚下是被千年河水打磨，水干而出、坚硬而棱角尖锐的砾石，这一切，与潘灯向往的戈壁有些重合，但又超出了想象的边缘。人在自然之中，渺小而无力。徒步的过程，是挑战自己的过程，但更像是接受大自然挑战的过程。来时的一腔豪情，在经历着的苦痛面前，有点虚弱。前边、后边，早已没了队友的身影，可接下来的路怎么走？孤独悄无声息地潜进了此时有些疲惫的身体，步伐变得越来越沉重，每向前迈一步，小腿都痛得让人难以忍受。还能走多远，潘灯心里开始质疑自己，孤独的力量那么强大，正视它可以让人坚强，而太在意它却让人脆弱。就在放弃与坚持的徘徊中，潘灯一步步向前挪动，她知道，大约在13公里处的补给站应该很快就到了，必须要坚持下去，只要脚步不停，迟早都会走到目的地！

5　不抛弃，不放弃！

第四梯队的三个人，是队长李永超，拉姆还有邓欣。出发的时候，三人还是结伴而行，拉姆因为感冒还没好的原因，刚走了两三公里，就感觉体力严重透支，只能走一段歇一会儿。为了不拖累队长，她和邓欣就让队长先走，她们在后面慢慢走。

在5公里集结点，和桂商战队的其他人汇合之后，拉姆感觉越来越糟糕，大汗淋漓的她，濒临虚脱。邓欣陪着她走了一段后，拉姆就坚决不让邓欣再陪自己了，她不想因为自己而影响全队的成绩。

走了没多久，邓欣就追上了队长李永超，两个人结伴而行。因为以前是同事兼合作伙伴，在李永超面前邓欣一点都不见外，忍不住发起牢骚来：“都怪你，非要拉我来，我真是猪油蒙了心，才会花钱来受这个罪！”

李永超太了解邓欣了，这么多年，她经历过的挫折苦难，比现在不知大多少倍，而她都挺过来了。他还清楚地记得，两个人一起做生意的时候，在内部会议上有人抱怨，她却风淡云清地说：“任何事情，如果只会抱怨，那就永远不可能成功！”他也记得当邓欣听说老公做生意亏了100多万时，面不改色心不跳，每天该吃吃，该睡睡，自己都忍不住夸她心真大！那时候的邓欣想法很简单，大不了房子一卖，就解决了！我还年轻，还能赚回来！钱是很难赚，但是只要你一直在做，早晚会有成功的那一天！

或许大部分女人天性就是如此吧，柔韧不屈服，坚强不妥协，但又很情绪化，喜欢掉眼泪，喜欢碎碎念。她们就是喜欢倾诉，尤其喜欢用埋怨，甚至看起来很负能量的语言来说出心里话，如果了解她们就会懂得，这是她们缓解压力、宣泄情绪的一种方式，其实更像撒娇，这些话背后的意思是：“我好累，我快坚持不住了，求拥抱，求安慰！”如果你适时地给她一点鼓励和安慰，她们便会原地满血复活，爆发出令人难以想象的能量。

邓欣如此，紫愈也是如此。

潘灯、燕公子选择的是另外一种方式，不断地寻求帮助。

孔艳和慕蓉选择的是埋在心里，独自咀嚼，慢慢消化吸收，变成营养，让自己更强大。

拉姆选择了宗教信仰。

但是，不管她们选择什么样的方式来对抗压力，她们骨子里还是喜欢被人呵护，喜欢有人鼓励、支持她们，这是女人的天性，她们对情感的需求远远大于男人。

但是，一定不要被这样的假象所迷惑，凡是在事业上成功的女人，她们都能很好地掌控好分寸和尺度，绝对不会把情感需求带入工作中，该用脑子的时候，绝对不会感情用事。

邓欣还在不停地唉声叹气：“不走了，走不下去了！我长这么大，这是第一次让我感觉走不下去了！”

李永超提醒她说：“我记得出车祸的那段时间，你也说过这句话。”

李永超的话，一下子把邓欣带回到尘烟往事中……

那是对她来说濒临崩溃的一段日子。母亲得了严重的肾病，她每周要带母亲去做透析，两个孩子也是自己带，再加上事业的操劳，一时间，有点天昏地暗。母亲体谅她的劳累，也心疼女儿的不容易，就用经常说的话安慰她："不要紧的，船到桥头自然直嘛，都会好起来的。"是啊，一直以来，她都用母亲这句话支撑自己迈过人生一个又一个的坎，也练就了强大的耐力，即使现实压得自己喘不过气来，但生活还是要继续啊。

那天，她带一个打算在广西投资的客户去防城港看项目。由于时速太快，他们乘坐的车在钦东高速上打了两个滚，落在高速路上，车子基本已经报废了。当邓欣在车内跟着车一起翻转时，她想"完了"。从腾空到落地，只是几分钟，在她的感觉中仿佛有一个世纪那么长，当车终于落地，她知道，自己死不了了。也许努力的人会得到老天的庇佑，这么严重的车祸，车上三个人中，她的手受了轻伤，开车的搭档蹭破了点皮，客户扭了腰。那次车祸，让她事后想来有些后怕，也更珍惜生命。正像妈妈说的，没有过不去的坎，活着就好。

是啊，再大的苦难，身处其中的时候，都会觉得马上要撑不下去了，但是，只要咬咬牙扛过去，再回头看时，就会觉得不算什么。此时此刻，不就是因为自己身在磨砺之中吗？既然以前能做到，现在又有什么做不到的呢？

想到这些，邓欣安静了下来。看到邓欣情绪逐渐平复下来，李永超说："前面的路，你自己慢慢走，拉姆一直没跟上来，我不放心，我在这里等等她！"

邓欣点点头说，好！然后继续向前走着，走出去一段距离，她回过头来，冲着队长李永超大声地喊："队长！谢谢你！邓欣，你是最棒的！加油！"

李永超满面笑容地冲着她挥挥手，看着那个小小的身影，逐渐融入无尽的沙漠之中……

邓欣去追大部队了。拉姆一个人，走在队伍的最后面，举目望去，只能看到三三两两的人散落在偌大的戈壁滩，正在踽踽独行。

独自走在戈壁中，难免会觉得孤独，拉姆一边走，一边想，如果这时候，能遇到一个认识的人该多好！谁知道，就在这时，黄景鹏从后面赶上来，在背后拍了拍她的肩膀，拉姆吃惊地看着他，因为在沙漠徒步的每个人，都是全副武装，帽子、围巾、墨镜捂得严严实实，他到底是怎么认出自己的？黄景鹏直笑她傻："每个人的背包后面，都有个名牌，上面写着你的名字呢！"拉姆这时候才反应过来！

黄景鹏是此次戈壁徒步赛的组织者，也是广西人。他也全副武装地跟着大部队进了戈壁，虽然不参赛，但是因为要时刻关注队员的状况，及时处理各种突发事件，他担负起了“陪走”的角色。遇到中途坚持不下来，想要退出比赛的队员，他都会陪着他们走一段，帮他们做拉伸，鼓励他们。组织过很多次徒步赛的他，清楚地知道，一句鼓励的话，一只援助的手，就能协助参赛者渡过最难熬的时刻。徒步赛的真正意义，不仅仅在于名次，而在于所有的参赛者，都能跨越艰险，挑战自我，遇到更好的自己。

和拉姆打过招呼之后，黄景鹏继续前行，他要保证这四天三夜的行程里上千人的安全，紧绷的神经，一刻都不能放松。

看着黄景鹏渐行渐远，拉姆拖着沉重的双腿，继续前行。

拉姆是格鲁派的弟子，名字的藏语意为“吉祥天女”。2015年的时候，拉姆带着女儿去西藏朝圣，那里的雪山，给拉姆留下了深刻的印象，她总觉得雪山之巅就是天堂之门，在那里，住着她最思念的爱人。

峡谷里的地势有上坡、下坡，对体力消耗很大。地上都是石头和河床，之前被冲刷过，留下了锋利的尖角，一不小心踩空了或踩错了，都有可能崴脚。走着走着，拉姆看到有人爬上了山坡，在山顶拍照，还有人在惊呼：“哇！好美！太震撼了！”拉姆跟随着人群，走到山坡向远处望去，那一刻，她忽然觉得所有的疲惫都是值得的！

天边，是一座连绵不断的雪山，洁白无瑕的雪，在阳光下，闪耀着圣洁的光辉，而她似乎看到一张熟悉的面孔，正在冲着她微笑。那是她的爱人，自己朝思暮想的爱人，他举起了大拇指，微笑着说：“丫头，你真棒！”

拉姆的眼眶瞬间湿润了，她知道，不能放弃，绝对不能放弃！向前走的每一步，都让自己离爱人愈来愈近，她希望就这样一直走下去，走进他的心里，走进记忆里，走进永恒之塔里，在那里，最爱自己的老公，正殷切地期盼她的到来……

稳定了一下情绪，拉姆继续前行，走了没多久，就遇到了队长李永超。看她脸色发青，大汗淋漓，李永超担心地问她还能不能坚持，拉姆点点头说，没问题，能坚持！

队长接过拉姆身上唯一装有补给和水的背包，帮她减轻负重。拉姆很过意不去，她让队长先走，不用管自己。

李永超笑着说：“你应该看过《士兵突击》吧？许三多名言就是‘不抛弃不放弃’，我是队长，只要你不放弃，我肯定不能抛弃你！桂商战队的任何一个人都不能掉队，咱们一起走进大漠戈壁，就要一起走出去！放心吧，我陪着你！”

听到李永超的话，拉姆鼻子一酸，差点哭出来。这一路走来，这已经不是第一次被暖到了，此刻，她强烈地感觉到，桂商战队是个大家庭，大家都是相亲相爱的兄弟姐妹。

两个人一路搀扶着往前走，走到补给站的前两公里，一不小心，拉姆把脚崴了。当时她就疼得坐在那里动都动不了，脚踝马上就肿起来了。幸好队长身上还备着药水，据说还是家传秘方。他给拉姆喷了几下就开始给她按摩脚踝，大概十多分钟后，李永超让拉姆站起来走走看，拉姆试了试，虽然还有点疼，但是已经好多了，勉强还能走，然后她拖着受伤的脚，在李永超的搀扶下，慢慢走了两公里，渐渐走到了补给站。

6 不忘初心，砥砺前行！

中午12点钟，何海峰第一个抵达补给站，由于已经远远超过队友，他在补给站简单地吃了东西，补充能量，然后又匆忙上路了！

下午4点，何海峰就已经到达了营地，是桂商战队第一个抵达终点的。第一天状态还不错，一路下来，感觉还是比较吃力，身上的衣服几乎没有干过，脚上已经起了一个小泡，脚底几个地方都有起泡的迹象，何海峰有点担心，明天正式比赛会怎么样？

休息了一会儿，何海峰就到终点去迎接桂商战队的队员了，他也好奇，第二名会是谁呢？没过多久，就看见曾宪国雄赳赳地走了过来，精神饱满，满面笑容，何海峰愣了三秒钟，才冲过去和他紧紧地拥抱。在戈壁徒步这件事上，曾宪国真的做到了“要么一声不吭，要么一鸣惊人”。听说他是第二名时，所有的队员都惊掉了下巴，用难以置信的目光看着他，而曾宪国只是憨厚地笑了笑，就跑到帐篷里玩手机去了。

从补给站出发不久，也可能是走得太急太快，潘灯就感觉小腿肌肉一阵痉挛，天啊，腿又抽筋了！钻心的疼痛让她忍不住弯下腰，用手使劲地抓住小腿，不停地揉捏捶打，但是丝毫都无法缓解，想要挪动脚步，但是腿却没有任何反应。周围没有战友，也看不见医疗车、救援车的影子，潘灯只能咬着牙，皱着眉，拄着拐杖站在那里，不停地倒吸凉气，心里默念：这不是我要的结果！我肯定行！不能停在这儿，我要继续往前走！

潘灯尝试着用没有抽筋的左腿和拐杖支撑身体，终于往前挪动了一点点。

看到身边其他战队的队员不断地超越她，大踏步地向前走去，潘灯心里更着急了。

就在这时，身后响起了一个人的声音："嘿，你是不是腿抽筋了？"

潘灯疼得说不出话来，只能一个劲儿地点头。

"来，我帮你拉伸一下！"

陌生人扶着潘灯坐下，帮她做着拉伸，拉伸之后，潘灯感觉疼痛缓解，她站起来，试着走了几步，已经不影响走路了。

潘灯向陌生人绽开了一个感激的微笑："谢谢，请问你怎么称呼？"

"叫我包子就好了！"

"包子？包子哥！谢谢你！"

不放心潘灯，包子哥陪着她走了一段路，边走还边传授经验："一看你就是没有经验，户外徒步，要经常做拉伸，缓解肌肉紧张，不能等抽筋了再做。"

因为包子哥是此次戈壁徒步赛的志愿者，一路上有很多人都需要他的帮助，和包子哥分开之后，潘灯还是独自一个人行走。走了几公里，潘灯觉得小腿又疼得不行了，远远地看见包子哥在前面，潘灯兴奋地大声喊着："包子，包子，包子哥！"

对于潘灯来说，包子哥就像医疗站、救援车，就像冬天里的一把火，夏天里的冰可乐，感觉要撑不住的时候，只要他帮自己做做拉伸，自己就又满血复活，精神百倍地继续向前。

幸好这一路有包子哥帮忙做了七八次拉伸，才让潘灯能坚持走完后半段路程。包子哥的无私感动了潘灯，她也想为别人做点什么，于是，她就对途中遇到的每一个人都热情地大喊："你好啊！加油！你是最棒的！"

那些在烈日下，蔫头蔫脑的、慢吞吞地晃荡着的队员，听到潘灯的声音，看到她清泉一般的笑容，就仿佛久旱逢甘霖一般，振奋起来，冲她挥手致敬回礼。有些人还主动打招呼聊天，跟她加了微信好友，后来也一直都保持着联系，有时候潘灯出差到了外地，也都是这些在戈壁徒步中认识的朋友招呼接待。

潘灯喜欢泰戈尔的一句诗："世界以痛吻我，要我报之以歌。"不会唱歌也没关系，就让我报之以微笑吧！

到了最后几公里的时候，潘灯反倒越来越有冲劲儿，腿也感觉不到疼了，看到有人走在她前面，就想超过他，于是她迈开双腿，一路小跑地向终点奔去。终点就在前方，给她无穷的力量，让她心无旁骛，全力冲刺！

在终点，潘灯看到"政委"和曾宪国在冲她挥手，她也挥舞着双手冲上去和他们拥抱在一起！

竟然是全队的第三名，潘灯都有点不相信自己竟然这么强！还好，这一路上的疼痛与汗水，都是值得的！

终于到了！回到帐篷里，潘灯直接躺在地上，眼睛都懒得睁开，那一刻，对她来说，思维静止，时间静止，一切都静止了！她贪婪地享受着这无比奢侈的时刻，她知道，自己已经用尽最后的一点力气，现在必须静静地躺着，让元气慢慢地恢复。

第一天的后半程，孔艳也是一个人在行走，路上也遇到落单的陌生队员跟她热情地打招呼，但她眼皮都不抬一下，目不斜视地走了过去，留下那个人举着手臂、看着她的背影，一脸尴尬。

在孔艳的观念里，朋友很重要，尤其是她在凭祥落脚扎根之后，公司能走到今天，离不开朋友的鼎力支持。由于孔艳所从事的行业，合作伙伴以及客户群体的年龄都偏大，对她来说，亦父亦友。尤其是2017年，遇到资金链循环不良，供货商产品质量出问题等困难后，几近崩溃的孔艳，在酒后也曾经当着这些朋友的面落泪，甚至有彻底放弃的念头，是那些朋友陪她度过了最艰难的日子，也是他们在自己能力范围之内，给她了无私的帮助。

可是，面对自己的同龄人，孔艳却很难马上熟络起来，或许是找不到感兴趣的话题，也或许是繁忙的工作让孔艳自动屏蔽了没有意义的搭讪和聊天，再怎么说，聊天也要找个聊得来才行啊！孔艳也知道独处的习惯会对她的生活多多少少有点影响，这也是当初她决定来徒步的原因之一，多认识一些新朋友，给生活开启一扇新的大门。

缘分真是很奇妙，在上千人的行走大军里，她竟然和在火车上认识的三个人遇上了！四个人都惊讶地张大了嘴巴："天哪！怎么是你！"

重逢的喜悦冲走了身体的疲惫，四个人有说有笑地结伴而行，就像在来敦煌的火车上一样，高冷的孔艳被他们逗得哈哈大笑。短暂的同行之后，孔艳再次独自跋涉。

最后一公里，孔艳已经记不得是怎么走下来的，腿以下已经没有了知觉，自己仿佛一个行走的机器，只是为了最后的目标，木然地向前挪动。那个时候已经没有精力去想其他的了，脑子里不断在重复着终点，终点，终点！目标就是终点，到达终点就是胜利！冲过终点，看到已经到达的队友在等着自己，那种见到亲人一般的感觉，瞬间把独行戈壁间的孤独感冲得云消雾散，即使辛苦也值得！从他们的口中孔艳知道自己是第四名。

因为鞋子大了两号，孔艳的脚竟然一点都没受伤。休息过后，她感觉体能很快恢复，她忍不住小小得意了一下：明天正式比赛，就可以全力冲刺了！

站在营地外，看着西沉的夕阳给天空涂上了一层金黄色，孔艳的内心升腾起满满的喜悦和自豪，这种喜悦在以往每次突破自我时都出现过，这意味着，她的心力又一次获得了提升，她喜欢这种不断强大的感觉。

追了一上午，没看到那熟悉的黄色背影，不死心的紫愈从补给站出来之后，加快脚步继续追赶。紫愈一路张望，四处寻找，累到头晕眼花！在距离终点还有七八公里的时候，汗水蔓延在脸上，再加上似火的骄阳的照射，紫愈的皮肤火辣辣的疼，汗水流到眼睛里，眼睛都睁不开了！紫愈心中忍不住埋怨起他来：干嘛要跑那么快？也不停下来拉我一把，害得我这么狼狈！我真是有病，为了你，跑到这个鬼地方来吃苦受罪！

这种泄气的想法刚一冒出来，紫愈就感觉到动力全无，筋疲力尽，她双腿一软，坐在了地上，就势躺了下来，爱谁谁，懒得追！眼泪在眼眶里打转，差点就哭了出来。

就在这时，一口带着西北口音的普通话在耳边猛然像敲钟一样响了起来。

“妹子，你做啥嘞？”

“我要死了，实在走不动了。”紫愈透过墨镜的镜片，看到了一张黑黝黝的，同样是包裹严实的脸庞。

“不远了，坚持下么。”说着，那人把一根拐杖递到了紫愈眼前，“来，我拉着你一起走。”紫愈看着眼前的拐杖，硬生生把眼泪憋了回去，如果这根拐棍是他递过来的，那该有多好！

“走不动的时候，就想想你的爱人，在前面等着你呢，可不敢放弃了！”陌生大哥的一句玩笑话，彻底感动了紫愈。

这一声鼓励，一次相助，使她如沐春风，如饮甘泉，在这一刻，紫愈又有了走下去的动力，她伸手抓住了拐杖，站了起来。

通过攀谈，得知了大哥是兰州人，西北人的豪爽义气，一路都激发着紫愈的能量，同时，内心还有个声音不断地激励着自己，让她咬牙坚持着。

“既然你在我的前方，你能到达的地方，我也可以！”紫愈心里默念。

最后100米，远远地能看到营地里五颜六色的帐篷，紫愈和兰州大哥手拉着手一起冲过了终点！

在终点等候的政委、潘灯、孔艳和曾宪国等人，看到她都奇怪地问：“紫愈，你是走路回来的吗？你真的是走路回来的吗？”

在旁边的兰州大哥赶紧向大家保证：“绝对是，我作证！”

大家围着紫愈，纷纷冲她伸出大拇指：“紫愈，你真棒！”“太了不起了，给你一个大大的赞！”

紫愈发现，他战队的帐篷竟然就在桂商战队帐篷旁边，就悄悄地进去溜达了一圈，却没看到他。后来才听说他是坐救援车回来的，怪不得一路上都没看到他！

到了补给站后，拉姆和李永超遇到邓欣。拉姆的脚愈加疼痛，她想休息久一点，队长李永超和邓欣看起来体能还不错，拉姆知道他们俩也想拿个好名次，于是叫他们先走，她可以在后面慢慢走。

看着李永超和邓欣渐渐走远，拉姆拖着受伤的脚，拄着拐杖，艰难地向前走，说来也巧，她又碰到了黄景鹏，看拉姆的伤情似乎比上午严重了些，黄景鹏就陪她一起走，一路上不断的鼓励她。两个人走到第39号指示旗的位置，拉姆眼前一黑，觉得周围的人影和景物都晃动模糊起来，要不是黄景鹏一把搀住了她，她恐怕会一头栽到地上。

拉姆脸色发青，嘴唇毫无血色，她小声地说：“黄主席，我不行了，我想上救援车……”

黄景鹏扶着拉姆坐在地上休息了一会儿，看她状态逐渐恢复，就一直鼓励她：“能坚持就再坚持一下，马上就到终点了，现在放弃，你会后悔的。”

明晃晃的太阳照得拉姆睁不开眼睛，她默默地对自己说：“咬紧牙关再搏一次吧，走10个指示旗，就彻底放弃，上救援车。”

可是走到第46号的时候，身体上的折磨几乎把拉姆的意志摧垮，她一

中途补给站场景

我们的营地——犹如一幅构图精美的水墨画

步都不想再走了，只想找个地方坐下来休息。因为是河床路段，都是小石子，一棵树都没有，坐下去刺得屁股生疼，坐也坐不了，也没有地方可以躲避如火的阳光，拉姆感觉已经中暑，马上要晕倒了。可是四处张望，根本没有救援车的影子！黄景鹏告诉她说，赛程接近尾声，有可能最后一辆救援车都已经跑到前面去，现在除了继续走，没有别的办法。

在黄景鹏的搀扶下，拉姆又走了几公里，这时她远远地看到有救援车开过来，于是就跟黄主席说，你自己走吧，我不能拖累你！

在救援车上休息了一会儿，拉姆感觉好了很多。为了搜寻沿途需要帮助的人，救援车行驶得极为缓慢，半个小时只开出了不到3公里。到了53号指示旗的位置，夕阳下，拉姆远远地已经看到了营地上飘扬的彩旗，目测大概只有一公里距离，拉姆就下了救援车，慢慢地挪回了营地。

看到拉姆回到营地，看到她受伤了，先到的队员非常惊讶，马上帮她拿东西并且搀扶她到帐篷，特别是何海峰，非常贴心，是个十足的暖男，他帮拉姆按摩腿和脚。按摩之后，又拉着拉姆去吃饭，还贴心地帮她盛了一碗羊肉汤，当时拉姆的感觉就是特别幸福，可以喝到一碗热汤，有个地方躺一下，已经知足了。

邓欣和队长李永超，一路走走停停，实在累得不行了，就在烈日下小坐一会儿，就这样一路互相扶持，互相鼓励，终于在晚上7点钟到达终点。

对邓欣来说，坐下来的感觉真是太好了！第一天足足走了26公里，是漫长而艰苦的征程，还好没有半途而废！

谢谢和燕公子一路，在途中，谢谢和大洋爬到山顶去拍雪山的照片，燕公子说自己不舒服，就不上去了。他们下来后，竟然找不到燕公子了！谢谢就加快脚步追到补给站，在那里等了40分钟，还是没有看到燕公子的身影。谢谢真的有点着急了，便一路小跑，快走五六公里，路上遇到紫愈说燕公子在前面，谢谢又紧赶慢赶，在路途中找到了燕公子，心里顿时踏实了许多。

原来，燕公子的腿上出现了莫名其妙的青紫，走起路来也有些胀痛，她担心自己走得太慢，会拖团队的后腿，于是想“笨鸟先飞”，少休息一会儿，慢慢走，能多走点就多走点。

看到谢谢着急的样子，燕公子大大咧咧地跟他开玩笑说：“我又不是小孩子，干吗这么担心！”谢谢说：“你是新加坡远道而来的客人，大家让我照顾你，我把你弄丢了，怎么跟大家交代啊！”就这样两个人一路相伴而行，互相给对方打气，走了10个多小时，终于看见营地的灯光了，但是他们不知道何“政委”正站在终点等着他们呢！

临近黄昏的时候，大洋也马上走到终点了。绕过一座山，他被眼前的美景震撼了：金色的夕阳下，黄沙上，点缀着五颜六色的帐篷、彩旗、车辆以及参差的人影，更远处，是连绵不断的青灰色山脉，仿佛一幅色彩浓烈、构图精美的水墨画在眼前铺开！若隐若现的音乐飘扬在空中，更为眼前的画面增添了几许灵动的气氛。

相对于浩瀚无边的沙漠来说，这片营地的面积小到可以忽略，大自然的宏大和人类的渺小形成明显的对比，让人唏嘘不已；但是相对于方圆几百公里的荒凉与冷寂，这里又是人烟最旺盛的地方，人类的顽强与不屈不挠，又让人心生自豪，感慨万千！

大洋站在那里，沉醉其中，看了好久，体味着古人“江山如画，一时多少豪杰”的优美意境。他想要把这幅画，深深地印在灵魂的底版上，因为他知道，这种时刻，这种场景难以复制，可遇而不可求，今生或许都没有机会再看到了。

美，总是那么动人心魄，尤其是历经千辛万苦才偶然遇到的美景，更让人生出“生就凌云志，意欲捕苍天”的豪迈心境。

美景就在那里，谁都无法带走，除非你靠近她，否则你永远不知道她究竟有多么美！

这或许就是行走的意义吧！

7 晚餐，16碗羊肉汤的故事

随着慕蓉的抵达，全部队员都回到营地，这是桂商战队最开心、最轻松的时刻，经过一天的同甘共苦、团队协作，大家对彼此的印象又加深了许多。

晚餐的时候，不知道是体力透支太厉害，还是气候干燥，何海峰感觉吃不下饭。晚餐提供的是羊肉汤，何海峰就打了一碗，刚尝了一口，觉得味道鲜美浓郁，顿时食欲大开，于是他干脆就坐在就餐点，一碗接一碗，连续喝了

丰盛的晚餐

我们 12 个人“同居一室”

8碗！隔了一个小时左右，觉得还不过瘾，又去喝了8碗！结果打饭的阿姨就记住了何海峰，逢人便说，太吓人了，有个桂商战队队员，一口气喝了20碗羊肉汤！

这让何海峰一夜成名。第二天吃早饭的时候，他听到很多人都在议论，喂喂喂，你们知道吗？昨天晚上，有人喝了20碗羊肉汤，真不知道怎么喝下去的！你们知道是谁吗？听说是桂商战队的。

正在吃早饭的何海峰面不改色心不跳地说：“是我！”

大家都诧异地看着何海峰，简直不敢相信自己的眼睛，这身高体重和能喝20碗羊肉汤的形象也不匹配啊！

何海峰乐呵呵地纠正他们说：“是16碗，打饭的阿姨夸张了！”

但是，一个人喝掉16碗羊肉汤也很可怕！

何海峰觉得，这不能怪自己，明明是羊肉汤太好喝了！的确，第一天晚上的羊肉汤给大家留下了深刻的印象，包括大洋在内的桂商战队的好几个人，都对那天晚上的羊肉汤念念不忘。

8 第一天“同居”的日子，惊喜不断！

第一次睡帐篷，而且是12人“同居一室”，新鲜感、兴奋感让桂商战队的帐篷里充满了欢声笑语。

说实话，有洁癖的邓欣刚一走进帐篷，看到这样环境，顿时有种想要回家的冲动，但是她忍住了，不停地在心里给自己做思想工作，别人可以你为什么不可以，不就是三晚吗？人生有多少次这种体验，也就这次了吧，既来之则安之！

邓欣找了个角落，开始录视频，她想告诉两个孩子，妈妈真的很棒，今天坚持到了最后，妈妈特别骄傲，给你们做了最好的榜样！

爱美的紫愈知道沙漠里紫外线强烈，空气干燥，带了一箱面膜来。吃过饭，她就把面膜分给了每个人，几个女生就躺在帐篷里敷面膜。

何海峰吃饭的时候听说，卫生巾当鞋垫，可以起到缓冲和保护的作用，有效防止脚被磨起血泡。

回到帐篷里，何海峰就问几个女队员：“谁有卫生巾？给我几个？”

大家都吃惊地看着何海峰，这到底是什么情况？

何海峰解释了卫生巾的特殊作用之后，帐篷里的其他男士也嚷着要。

一时间，帐篷里各种牌子的卫生巾满天飞，那场景要多壮观就有多壮观！

三个女人一台戏，更何况是七个女人呢！虽然大家都累了，但是这么多人一起睡帐篷应该没多少人试过吧，有人趴着，有人坐着，大家你一句我一句地分享今天的感受。有人说累，有人说脚疼，有人静静地听着不出声，这时帐篷外传来很熟悉的声音，是黄景鹏来了。大家都叫他“主席”，见到他来了大家都很开心，因为桂商战队很多人都是他的朋友，大家平时也都很熟悉。黄景鹏是体院毕业，在运动后的恢复按摩方面是专业的，看到大家累得东倒西歪，就主动说：“我来帮你们按摩吧！”

黄景鹏话一出口，帐篷里顿时炸了锅，大家纷纷叫嚷：“我要，我要！”“我也要！”女队员们更是毫不客气地开始动手抢人了！

黄景鹏笑着说：“一个个来，一个个来！”

按摩的时候，女队员们发出千奇百怪的声音，而且声音很大，搞得旁边帐篷的人，心怀鬼胎、小心翼翼地趴在帐篷门口向里面偷看，大家笑得肚子都疼了。

回到营地的曾宪国依然惜字如金，一个人躲在帐篷里玩手机，不跟大家交流，也不做拉伸。看来，他真的要把“一声不吭”的精神贯彻到底了！

这一路上，李永超心里一直放不下一件事，他需要给李国富打个电话，毕竟大家同属一个战队，要同甘苦共风雨，要让他知道，桂商战队的所有人都在牵挂着他。

营地没有手机信号，听其他战队的人说，爬到营地后面那个山坡上，能收到微弱的信号。李永超没有打扰其他队员，一个人爬到山坡上，给李国富发微信。

戈壁里没有信号，没法跟家人联系，曾宪国每天就用手机写下自己的感受。

“不走寻常路，没有人走过的路，虽远但更省力。”

“人生路，靠自己！一步一印往前走，便能走到属于你的平台和高点。”

“每个人的痛苦与欢乐、艰难与成就，都是于经历中感受、于轮回中体现的……”

“人生最远的地方，是心要到达的地方……”

何海峰看到曾宪国躲在帐篷的角落里，在手机上打字，就悄悄地走了过去，坐在了他的身边。

何“政委”问他，为什么总是一个人走，而且还一直走在队伍的边缘和外围？

曾宪国嘿嘿一笑，说：“‘政委’，这你就不懂了！戈壁滩上全是沙子和碎石子，前人走过的地方，又松又软，踩进去要用力，拔出来也要用力，走不了多久，两条腿就会觉得很累；没有人走过的路，表面已经风化板结，是硬的，走在上面，很省力，这样才能走得更快……”

何“政委”冲着曾宪国竖起了大拇指，经验有时候比理论更好用。

曾宪国明白，人生处处是学问，关键就看你是不是有心人。

黄景鹏帮大家做完拉伸，又到其他的帐篷里去了。

这时候，队长李永超走了进来，说：“告诉大家一个好消息！第二次手术非常成功，员工的四个断指，全部成活！”

李永超的话音刚落，帐篷里就爆发出一阵惊天动地的欢呼声，差点把帐篷都掀了起来。其他战队的人，都疑惑地、妒忌地、生气地向桂商战队的帐篷张望，心里还嘀咕：这个帐篷里的人都是戏精吗？一千多人的戏份全被他们抢光了！

坐在旁边回顾这一天经历的大洋，心潮澎湃，难以自抑。

一天下来，他不得不对这7位女队员刮目相看，尤其是紫愈这匹黑马，看似最不能坚持下来的她，都坚持下来了。再反观自己，大洋对自己的表现很不满意，太丢人了，明天，一定要超过他们，一定要走进前六名！

想要把队友们此时此刻的心情记录下来，身为“宣传部长”的大洋，打开了手机上的录音，挨个采访。

燕公子说：“第一个5公里，就感觉体力透支严重，大家都走散了，是谢谢一直陪我到最后，谢谢你！”

孔艳说：“经过一天的远征，我对徒步有了更为清醒的认知。共同的经历，共同分担身体极限所带来的痛苦，让我们早就在不知不觉间，成为彼此的依靠，成为危急时刻最值得信任的那群人。”

恐怖沙尘暴来袭！

采访在如火如荼地进行，突然有人大喊：“沙尘暴来了！”

话音还没落，就只见呼啸的风卷着黄沙涌进了帐篷，瞬间整个帐篷里落了一层沙子，帐篷也被吹得摇摇欲坠。谁都没见过这种阵势，每个人都紧紧抱住能固定身体的物体，满脸惊愕，不知道该怎么办，大家都吓坏了！

这时候，不知道谁喊了一声：“快点把门帘放下来！”

大家都涌到了门口，紫愈身板最瘦小，谢谢把她举起来让她打开帐篷的门帘扣。风沙实在是太大了，紫愈只能闭着眼摸索，以最快的速度把门帘放下来，关上，她的脸上、头上、嘴巴里都是沙子。那一刻她心中有恐惧，也觉得特别搞笑，毕竟这么狼狈还是人生第一次呢！

潘灯的衣服挂在外面晾晒，看到沙尘暴来了，就想冲出去取，被其他几个人死死拉住。因为不知道外面的风有多大，大家都很担心，万一把人吹跑了那可怎么办？

这时候，忽然有人大喊了一声：“慕蓉呢，慕蓉在哪里？”

大家这才发现，慕蓉不在帐篷里！

沙尘暴来的时候，慕蓉正在简易厕所里。沙漠里的厕所，就是在地上挖个坑，四面挡上挡板，根本就扛不住这么大的风。厕所里的慕蓉，根本不知道是沙尘暴，当时只觉得，挡板剧烈地晃动，像是地震了一样，吓得她死死地抓住挡板，扯着嗓子大声喊："救命啊！有没有人啊？"

那个时候，大家都乱作一团，谁还会想到厕所里会有人呢。慕蓉拼尽力气，推开门，冲了出去，回头一看，挡板已经被吹得七零八落，刚刚受过伤的眼睛，在漫天风沙里，根本睁不开。慕蓉像个瞎子一样，摸索着，回到帐篷，刚一进去，大家忍不住哄堂大笑，慕蓉就像一个会移动的兵马俑一样，她满身都是黄色的沙子，站在门口，一脸生无可恋的表情。

大家赶紧拿出湿纸巾，强忍着笑，帮慕蓉清理。

没法洗澡就已经让人难以忍受了，再来个"黄沙浴"，简直就让人生不如死啊！

在呼啸的风中，刚才的采访继续着。虽然主办方准备的篝火晚会因为沙尘暴而泡汤了，但是这丝毫不能影响桂商战队全体队员的情绪，欢声笑语依然源源不绝地从帐篷里传了出来，似乎要和肆虐的风声对抗。

李永超和何海峰去组委会开紧急会，回来的时候，向大家示范了在沙漠中遇到沙尘暴的正确方式：大家要手挽手围成一个圈，脸冲内，低头蹲下，一直等到沙尘暴过去再起来。

戈壁里还会遇到沙尘暴？

当然会。这次徒步的路段，有戈壁滩，也有沙漠，就算在戈壁滩上，风也可能把临近沙漠里的沙子席卷而来，这次的沙尘暴就是如此。

除了身体上的疲累，这次戈壁徒步赛后面的赛程，又多了几分凶险。大家的心里，多多少少都会有点恐惧，如果继续走下去，万一遇到意外怎么办？

7 名女队员，大都是孩子的母亲。这些信息，无疑给她们增添了很大的心理负担。

由于队员们的行进路线不是直线，再加上戈壁中，有些蜿蜒起伏的小土丘，组委会测量的直线距离是 28 公里，很多队员的计步软件上，实际里程有 32 公里，也有 36 公里。

国外的研究称，欧洲人的足部使他们构造更擅长远足，一个未经系统训练的普通人，每天大约能走 30 公里左右，亚洲人则能走 20—25 公里。第一天，桂商战队的所有人全部走完全程，已经是超负荷状态了！

何海峰从组委会得到消息，第一天就已经有 200 多人退赛，有些人中途就打道回府了，有些人到了营地之后，听说第二天正式比赛的赛程更长，更艰苦，于是决定放弃。

何海峰的话音刚落，桂商战队的帐篷里出现了短暂的沉默。何海峰小声地询问大家："今天受伤的队员，还能不能坚持？不能坚持的，也不勉强！谁想退出比赛，现在可以举手！"

12个人，没有一个人举手。

7女5男，女人相对柔弱，这样高强度、无性别的比赛，对她们本来就不公平，而她们都打算坚持到最后，即便是受伤，即便是在生理期，都没有叫一声苦，哪怕是流着眼泪，发着牢骚，也都要走完全程，她们每个人的内心都很强大，还不忘顾全大局。李永超和何海峰看着这群可爱的队员，心里掠过一丝感动。

这时候，队长李永超提醒大家："明早6点钟起床，半个小时洗漱吃早餐，然后就要出发了，大家早点休息吧，补充体力，为明天做准备！"

邓欣本来是个换了床就很难入睡的人，漫漫长夜还要克服各种声音。相较于以前每天8小时以上的睡眠，在这种环境下凌晨2点入睡，第二天早上6点也能起床，她都佩服自己了。

累了一天的队员们，渐渐进入了梦乡，明天还有更长的路在等着他们……

戈壁里的沙尘暴：壮观与恐惧

第五章

第二天，30公里

1 为了战队荣耀，再次出发！

第二天，大家还沉浸在睡梦中，主办方的大喇叭就响起来了。队员们眼睛都睁不开，躺在睡袋里，默念道：5分钟，5分钟之后就起床！这时候，大喇叭里传出催促的声音：起床啦！起床啦！

虽然不情愿，大家还是挣扎着从睡袋里爬出来，开始整理行李，打包睡袋。

吃完早餐，领补给袋，有了第一天的经验，每个人都不想背太多的东西，补给水袋只装一半，到补给站再装水，背包只留一点饼干、牛肉干、葡萄干等高能量的食品。这不是春游野餐，而是一场挑战自我的远征，不亚于祖先们在丝绸之路上的艰辛跋涉。

为了战队荣耀，我们再次出发

第二天是正式比赛，前六名抵达终点的队员计算成绩，并且所有队员都必须于18点前抵达终点。

以徒步经验来说，每小时5公里匀速行进，是最佳配速。第二天的赛程，包括了戈壁、河床、盐碱地和沙漠等地貌形态，徒步难度比第一天大大加强，但是桂商战队的每个人，都信心满满，都想要在这一天，拿到好成绩。

在领补给的时候，有人在争吵。某个战队的女队员为了减轻负担，让男队员帮自己背着补给，男队员说今天是正式比赛，他想要拿名次，背这么多东西，肯定影响正常发挥。女队员不乐意了："我是女人哎，你怎么不懂得怜香惜玉？"两个人吵了起来，其他队员纷纷上前劝说。

慕蓉看到这种场景，气不打一处来，忍不住嘟囔起来："戈壁徒步，是强者的游戏，既然决定参加，就要做好一切准备，不要指望别人来帮你！"

慕蓉心里想什么就直接说了出来，何海峰怕影响队员情绪，赶紧上前岔开话题说："既然大家都准备好了，那现在就出发吧！"

伴随着启程的锣鼓声，桂商战队一行人浩浩荡荡地出发了。

"独行侠"曾宪国依旧踽踽独行，第一天他做到了"一鸣惊人"，第二天，他准备来个"再鸣惊人"！

大家已经习惯了曾宪国的独来独往，第二天是正式比赛，每个人都想争取好成绩，埋头赶路，几乎没有人再关注曾宪国的一举一动。

2 人生中，总有个榜样激励你勇往直前！

何海峰忆张诒仙教授：正是因为多难，所以内心强大

因为是正式比赛，何海峰格外重视，所以出发不久，他就加快脚步，埋头向前冲。第一天，他还有心思看看周围的风景，第二天，他精神高度集中，就像当年进了高考考场一样，胜败在此一举，他不想分神，更不想在无谓的事情上浪费时间和精力，他心里只有一个声音：快点，快点，再快点！

因为一开始是戈壁路段，地面板结坚硬，走起来比较轻松，何海峰几乎是一路小跑往前冲。

天气比第一天更热，参赛者更加深入戈壁大漠的腹地，地面的温度超过50℃，靠近地面的空气受热膨胀，密度变小，含氧量降低，因而让人感觉呼吸困难，每一次呼吸，肺部都像撕裂一般疼痛。再加上戈壁里因为高温产生的光线折射现象，你能清晰地看到空气在面前翻卷流动，就像是抖动的水波纹一样，不断折磨着你的眼睛，使人产生一种迷幻而眩晕的感觉。

戈壁里的寂静，衬托得呼吸声格外清晰，你甚至能听到心脏在“咚咚”直跳，那种感觉新鲜而怪异。适应了都市喧嚣的人，很难一下子适应这种超然的寂静，不可控制地，你就出现幻听，总能听到有什么声音，但又找不到声音的来源。

在戈壁沙漠中行走，不但要克服身体上的疲累，还要用强大的意志去克服精神上的压力。走出去十几公里之后，何海峰几近崩溃，他此时此刻只有一个想法：停下来，躺下，继续再走下去，还不如死掉算了！

在幻听、幻视的双重折磨之下，人的大脑，也会加速运转，那些藏在记忆深处的人和事，交替闪现，一刻不停。

“正是因为多难，所以内心强大。”这句话突然跳进了何海峰的脑海里，遥远的记忆被唤醒，他想起来了，这是大学时代亦师亦友的张诒仙教授说过的一句话。

1997年，何海峰考上了华南热带农业大学，学校在海南省儋州市宝岛新村，前身是华南热带作物学院。在这个地方，还有个中国热带农业科学院，两所学校合称为“两院”。学生时代，何海峰便热衷于学生会工作，经常组织同学去看望张诒仙教授，两人因而结识成为忘年交。

张诒仙教授博学多才，身残志坚。何海峰经常到她家去，听她谈古论今。张教授在文学方面造诣很深，对中外名人名家都有较深的研究，听她谈人生、谈信念、谈事业，是一件乐事。张教授咬紧牙关与厄运抗争的经历，面对挫折不屈不挠的精神，时常激励着何海峰。

因为两个人格外投缘，张诒仙从来不掩饰对何海峰的赞赏，逢人便说何海峰很优秀，是个打着灯笼都难找的好男人。想必这后半句，是说给何海峰大学时代的女友听的吧！

何海峰记得，张诒仙教授是中国热带农业科学院椰子研究组组长。她原来搞剑麻研究，在20世纪60年代周恩来视察两院时，为响应党的号召，开始转为研究椰子。她在椰子树上观察花蕊开花时，不小心摔了下来，造成三处胸椎压缩性骨折。由于当时医疗条件落后，摔伤后第四天才到广东接受治疗，最后诊断结果是外伤性高位截瘫，胸口以下部位全部没有了知觉，从此终生与轮椅相伴。

何海峰记得张教授说她从小就擅长走路，尤其是山路。

张诒仙本是土生土长的山妹子，下河洗衣、上山砍柴，从小走惯了九曲十八弯的山路。十多岁上高中时学校离家三四百里路，其间还要翻越一座崎岖峻峭的大山，她去去来来也都是凭着一双脚。男生说他们都走累了，而她还精神抖擞，干劲十足。

张诒仙说一场飞来的横祸报废了她的一双“铁板脚”，一颗鼓满风帆的心随之沉入万丈深渊。健全人不费吹灰之力就能做到的事情，如躺着翻身、坐起来、站立行走，对于张诒仙来说，都成了不可克服的困难。她的内心苦闷烦乱，万分痛苦。有时甚至想，这样活着还不如死去，死是一种解脱，一了百了。然而，更多的时候，张诒仙也劝慰自己，日子还得过，退缩不是出路，只能勇往直前，不能一蹶不振、颓废沉沦。命运想要打败我，我不能低头认输，要反击，要活得更精彩，要在事业上有更高的追求才行！于是，她冒出了一个念头：自学英文和日文，做热带作物科学技术文献资料的信息研究和翻译工作。

恰逢“文化大革命”时期，学外语被说成“放洋屁”“不合法”，但是张诒仙认为国际交流是未来的大趋势，学好外语是必需的。所以，她冒着被人检举的风险，偷偷地在晚上学习外语，遇到有人来敲门，就赶紧把外语书藏起来。

经过数十年的积累和学习，张诒仙翻译推介了稀有豆类作物翼豆和稀有果树作物油梨的相关文献资料；译著了二十多万字的《椰子》一书；翻译、校译及编写了六百多万字的学术文章，论文《叶片蛋白质的开发与利用》还被“科教兴国”系列丛书选出并编入其中。

“正是因为多难，所以内心强大。”这是张诒仙经常对何海峰说的一句话，她还告诉何海峰，你要拥有强大的内心，拥有一颗绝不向命运低下的头颅，就能战胜任何艰难困苦。劳动是立国之本，热爱劳动，不仅能让国家富强，更能找到自己的社会价值，实现人生价值，活得更精彩。

回忆起这段往事，何海峰脑子清醒了一点。他稍微平息下情绪，深呼吸，调整步速，然后告诉自己：还能坚持，那就继续走！

何海峰想，这次徒步结束回到广西后，一定要给张教授打个电话，跟她分享一下自己的心路历程。

③ 一个人就是一支队伍！

孔艳——“威武之师”

何“政委”：人生中，总有个榜样激励你勇往直前

孔艳：一个人就是一支队伍

第二天，孔艳和何海峰、曾宪国分到了第一梯队。这三个具备相当实力的人，有着强大的内心，不需要任何人的照顾，他们的任务就是全力以赴，争取最好的名次。

孔艳又像第一天那样独自走着。

有时候想想，徒步戈壁就像人生某个阶段的缩影，身边没有别人，只有自己。自己与自己对话，自己与自己为伍，自己接纳着这一路所有的悲苦与欢喜。只是还好，我们的经历，即使会深深刺痛神经，也证明我们是鲜活存在着的。第一天状态比较好，脚没有受伤，第二天要冲刺成绩，于是她把关注点都放在了行走上，摸索着怎么才能用最小的代价走完今天的赛程。

桂商战队这群可爱的战友，他们的热情、幽默、友爱，不知不觉地感染了孔艳，让这个“冰山美人”在这一路上也呈现出朝气蓬勃、昂扬开朗的一面。

徒步行进途中，时常会与其他战队的一些队员擦身而过，孔艳不像第一天那样漠然高冷了，路过的时候，她会大声地给陌生的同路者加油鼓劲。她笑声朗朗，挥舞着手杖，振臂欢呼，就在她大声地喊出“加油”的时候，她觉得疲惫的身体顿时又活力十足了！

快乐和正能量就是这样，和别人分享就能加倍。成人达己，这不但是做人的准则，更应该是做企业的准则。

孔艳想起来那个电影人物，阿甘。那个一直向前奔跑的阿甘，不去探究为何而奔跑，只是让奔跑变成一件有意义的事。而现在，有这样一群人，因为不同的理由而来，却把徒步变成一件伟大而有意义的事。作为他们中的一员，她实实在在为自己，也为战友们骄傲着。

一个人就是一支队伍，孔艳很喜欢这句话，这次戈壁徒步，她的体会更深。

孔艳是个彻头彻尾的行动派，只要敲定的事，马上就会行动。

粮油进出口贸易和物流是相关产业，孔艳的事业拓展不算跨界，但是近几年，孔艳又把自己的生意版图拓展到翡翠珠宝，这完全依靠的是多年在商场摸爬滚打练就的商业敏感。

开始，是因为孔艳喜欢翡翠，经常会在重要的日子里买上一两件，犒赏一下自己，久而久之，也就成了半个行家里手。

公司所在的写字楼，周围有好几家都是做翡翠生意的。近几年，翡翠行情看涨，再加上收藏市场大热，孔艳看到翡翠珠宝行业的前景，再加上多年积累下来的东南亚一带的人脉，在充分考察市场之后，孔艳说做就做，在2013年底，注册了珠宝公司，并聘请了珠宝设计师，设计生产自主品牌“圣尊珠宝”。

圣尊珠宝经过四年的发展，现在已经成为八桂大地上的知名珠宝品牌，具备了入驻商场的所有条件。从2018年开始，孔艳着手全面布局，把圣尊珠宝做进全国各地的商场，走出这一步，就预示着珠宝公司会一跃成为各公司中的支柱产业。

在进出口贸易行业日渐式微的当前，孔艳凭借着不屈不挠的精神，带着整个公司实现了产业更迭、再创辉煌的目标！

孔艳知道，前面的路还很长很长，自己也会遇到各种各样的困难，但是带兵作战闯商海，不就是要解决一个又一个困难吗？自己不就是这样一路走来的吗？

或许是长年累月一心扑在工作事业上，孔艳满脑子想的都是公司发展，产业布局，明年的新计划新目标等，孔艳没有时间停下来审视一下自己。过去许多年，孔艳一个人把公司做大做强，不断拓展业务领域，作为企业的领导者，又一次次把企业从低谷带上辉煌的巅峰。现在回头看看，自己真的很强大，虽然公司目前遇到了困难，但这也不是第一次，以前能闯过来，现在又有什么不可以？

人在迷茫中，会陷入情绪的死循环，经年累月积攒的压力扑面而来，压得孔艳疲于应付，喘不过气来，甚至让她连自己身上的优点和能力都看不到了！值得庆幸的是，因为这次戈壁徒步，孔艳战胜了恶劣的自然条件，战胜了自己，也唤醒了久违的自信、蛰伏的潜能。

想要对付和自己同样强大的对手，要么去寻找外在的帮助，要么让自己强大起来，变得比对手更高更强后，就能轻而易举击倒对手。孔艳感觉这两天的经历，让她瞬间强大起来，那些之前看起来巨大无比、难以逾越的困难，在她眼中已经变小变弱，自己不再害怕，更不会望而却步！

如果说一个人就是一支队伍，那么现在的孔艳就是一支充满力量的威武之师、胜利之师！

想到这些，孔艳的脸上忍不住浮现出微笑，她脚下的步子也变得轻快了很多。炽热的阳光，灼热地照射在皮肤上，汗水顺着额头流淌下来，但是孔艳的内心充满了斗志和力量，这些身体上的疲累，已经无法动摇她向着胜利的终点奋勇前进的决心了！

4 谢谢你一路的陪伴！

燕公子的创业史

第二天，谢谢照例做起了燕公子的“护花使者”，两个人一路。相比于第一天的路况，戈壁滩上走起来很轻松，但是燕公子的状况却很不好。谢谢一路鼓励她，一路帮她做拉伸，差不多每隔一两公里就帮她拉伸一次。

燕公子腿上的瘀青红肿应该在24小时之内做冷敷，让血管收缩，防止瘀青部位发生肿胀。一是因为条件有限，二是觉得不是什么大问题，燕公子就没有到医务站去处理，这就导致第二天的时候，她的小腿和脚肿胀得更加严重。

长时间徒步走路，血液会淤积到下半身，尤其是小腿。没有受伤的人，在这么高强度的徒步后，小腿也会发生一定程度的肿胀，更何况是燕公子那双已经瘀青肿胀的小腿。

走着走着，燕公子就感觉两条小腿越来越沉，像是绑着十几斤的沙袋，皮肤有种随时要爆开的感觉，每走一步，似乎都要用尽全身的力气。

燕公子停了下来，拄着手杖，无奈地摇头说：“谢谢，我的腿不行了，我还是放弃吧……”

谢谢接过燕公子的背包，然后说：“你坐下，我帮你拉伸一下！”

谢谢帮燕公子做完拉伸，燕公子感觉稍微好了一点，她抬头问谢谢：“我们现在走了多少公里？”

谢谢说：“差不多8公里吧！”

8公里，才走了不到三分之一！

燕公子看到远处有辆救护车，她沮丧地对谢谢说：“我决定放弃了……”

谢谢安慰她说：“我们先上救护车休息一下吧！”

两个人上了救护车，谢谢本来想，等

燕公子与谢谢走在一起

燕公子：目标就在前面

燕公子体力恢复后，再劝她继续走，没想到救护车上，有人在处理伤口，疼得大呼小叫，哭爹喊娘，嚷着打死都不走了。听着那凄厉的哭诉声，再坚强的意志力，都能被瓦解掉。

谢谢知道负面情绪会传染，再待下去，自己就会受到影响，变得自哀自怨起来，好不容积攒起来的斗志，也会被消磨殆尽。尤其是燕公子，本来就想放弃，被他们影响了那还了得！

不由分说，谢谢跳下车，也不管燕公子同意不同意，拉着她就往前走，一口气走出了好远，把救护车远远地甩在了后面。

谢谢说：“你大老远从新加坡过来参加比赛，就这样放弃了，你肯定会后悔的！”

燕公子没好气地说：“我已经后悔了，后悔跟你分到一个小组！”

谢谢知道她是说气话，笑着指了指渐行渐远的救护车，说：“后悔也没用啊，救护车已经开走，我们只能继续走了！”

燕公子深深地吐了一口气，无可奈何地又迈开双脚。

天气太炎热了，几乎都快透不过气来了，谢谢感觉就像坐在烧烤架上一样，不但要忍受高温的炙烤，还要承受脱水的痛苦。

医学证明，当一个人失去身体4%的水分时，就会因为体温过高、体液丢失、血压降低而昏厥，甚至痉挛，这叫作高温损害，俗称中暑。

临近4%这个极限时，人就会出现疲惫、焦灼不安、头疼等症状。这是因为受热，下肢血管扩张，血液淤积，无法及时回流到大脑造成的，严重者还可能出现精神障碍。

走着走着，谢谢感觉有点不对劲，头晕眼花不说，明明天气很热，却没有出汗，皮肤摸起来湿冷而滑腻。燕公子看到谢谢脸色苍白，每走一步都非常吃力，就上前扶住他，关切地询问：“谢谢，你怎么了？”

谢谢怕燕公子担心，赶紧摆摆手说：“没事，就是有点累！”

前面就是补给站，燕公子搀扶着谢谢走了进去。有位工作人员拿着花洒，向每个走进补给站的人身上洒水。谢谢被淋了个透心凉，浑身舒爽，一下子精神起来，再回头看看那个拿着花洒的大叔，顿时感觉他像救命恩人一样亲切，他憨厚的笑容里满满的都是爱呀，真想上前给他一个大大的拥抱！

其实谢谢不知道，他已经有了中暑的先兆，要不是在补给站被淋了这身水，接下来的情况会更严重。

从补给站出发后，谢谢感觉好多了，也恢复了兴致，他和燕公子一边走，一边低头在戈壁滩上捡各种奇形怪状的小石头。做室内设计的他，想把这特殊的礼物带回广西，送给朋友。

谢谢和燕公子脾气相投，性格相近，两天相处下来，已经成了无话不说的朋友。

两个人边走边聊，谢谢问起了燕公子事业、家庭和人生经历，心直语快的燕公子开始滔滔不绝地说了起来……

燕公子是她给自己取的艺名。本名徐燕的她，因为觉得“徐燕”这个名字太普通了，再加上自己性格又很女汉子，所以干脆以“燕公子”自称。

燕公子祖籍江苏泰州，在她上小学之前，父母就开始做生意，在家中刻麻将牌来卖，也算是手工业者吧！上初中的时候，家里开始做面粉、挂面的生意。

人的成长环境会影响一个人的职业选择。这是因为长期耳濡目染，锻炼强化了人的某些特质。大部分经营之家出生的孩子，天生具备生意头脑，拉姆、潘灯、李国富和罗司令都是如此，燕公子也不例外，即使大学专业学的是旅游酒店管理，最终还是走上了经商之路。

大学毕业后，燕公子在一家五星级酒店做服务员。后来叔叔帮忙，在海关里找了份收银员的工作，待遇很好，还是铁饭碗，但是生性爱自由、爱折腾的燕公子，想要去新加坡读语言，于是她就到了南昌的一家语言学校学英文。学了一段时间之后，就应聘到一家新加坡的化工公司去上班。朝九晚五的生活对燕公子来说枯燥无味，融在血液里的经商天分开始蠢蠢欲动，于是她就一边上班，一边开店。凭借着自己良好的时尚品位，她开的包店生意一直很火爆，一两年之后，就赚了不少钱。

初战告捷，燕公子信心满满，就想做大点，于是在一个新开张的商场里买了两个铺位，一个做男装，一个做女装。没想到试营业3个月后，商场老板携款潜逃，商场关门，告诉无门的情况下，她也只能认栽认赔，两年的心血打了水漂，燕公子跌入人生的最低谷。

这时候，燕公子的客户约她吃饭，说要给她介绍男朋友。燕公子以为只是开玩笑就去赴约，没想到是真的。客户的这位朋友陈先生，也是她未来的老公，来自新加坡，三人吃完饭喝下午茶时他开门见山地说：“第一次见面我很喜欢你，觉得你很纯。”陈先生回新加坡后他们一直保持联系。有一天，他说：“你来新加坡读书吧。”燕公子在生意失败，处在人生低谷的状态下，想了很久，决定赌一把：出国！

于是就去了新加坡，读了半年的语言学校。因为燕公子是个从小缺少父爱的孩子，在新加坡的半年，陈先生对她特别宠爱，把她当女儿当公主一样去爱。日久生情，当陈先生说要结婚的时候，虽然燕公子大脑一片空白，几天没缓过来，但两人还是举办了一场温馨的婚礼，就这样结婚生子，过着平凡却甜蜜的小日子。

五年的时间里，生了两个儿子，生活幸福得令人羡慕。燕公子每天的工作就是接送孩子上学，健身，和闺蜜一起逛街喝下午茶，想要出去旅行的时候，买一张机票就飞了，生活过得随心所欲。在很多人眼里，这是梦寐以求的理想生活，但燕公子骨子里的不安分是无论如何都掩藏不住的。就在大儿子3岁的时候，燕公子就跟老公说，想要做点事情，要不然整个人都生锈了！她想要找到人生的自我价值，她不想再每天过着养尊处优、千篇一律的生活了。

老公让她到自己公司帮忙，燕公子觉得两个人生活工作都在一起，难免会互相影响，产生分歧，于是拒绝了。

因为很喜欢时尚服装，经过考察，燕公子选中了英国独立设计师品牌Self-Portrait。旗舰店于2016年10月份在新加坡正式开幕，不到半年的时间，整体运营已经走上正轨，营业额稳步增长。对燕公子来说，她还是喜欢忙忙碌碌的生活。

在燕公子眼里，商机无处不在。一个偶然的机会，燕公子看到一个澳洲的朋友在推荐一款德国纳米小分子玻尿酸，她很感兴趣，因为她知道德国人是很严谨的，德国的产品品质也是非常好的。燕公子是一个喜欢新鲜事物的人，她马上去网上查了这个品牌的资料、公司的背景、公司的产品，然后打电话去他们公司。很快燕公子就收到德国公司给她发的样品，收到产品的当天晚上她就开始用。燕公子是一个嗅觉敏感度很高的人，毫不夸张地说，她是因为这款玻尿酸里面的德国椴花的香味，一下子爱上了这个产品，而且这款产品被她的皮肤吸收得特别快。燕公子的皮肤不敏感，她用过很多大牌，不停地换产品就是想找到一款适合自己的。燕公子用过很多贵妇品牌，比如Lamer，La Prairie，包括一瓶一万多人民币的娇兰黑兰霜，都很贵，但有一些对燕公子的皮肤来说，效果却一般。在她的记忆里，还没有哪一款产品是用一次就爱上的。所以第二天燕公子就打电话去这家公司，告诉他们她想把个产品带进新加坡，带进整个东南亚市场。燕公子是一个做事很有魄力、雷厉风行的姑娘，用了一支玻尿酸的她直接成为了德国亚森集团欧娅诗品牌的股东，如今她已经是公司的总裁合伙人了，后来她还去参加了2017年三亚的年会，去了中国深圳总公司，也去了德国的工厂参观考察。就这样燕公子开始把德国欧娅诗玻尿酸带进整个东南亚市场。现在印尼、马来西亚、泰国、美国、加拿大、墨尔本、阿根廷、法国、印度都有他们的客户和代理商。

燕公子的老公非常支持她的事业，看到她的服装和化妆品生意做得风生水起，就把自己认识的一个新加坡朋友介绍给了她，这个人手里有一项环保专利技术，需要投资合伙人共同将技术转化成产品。这项技术研发了七年之久，并且在全世界很多国家都获得了专利。这项技术就是把秸秆加工成板材，这种板材不但耐火，还自带负离子，不会产生甲醛等有害物质。

看到了环保产业的前景，再加上中国各地政府都对投资环保项目的企业给予政策支持，燕公子就决定让这个项目在江苏落地。她是江苏人，自然也希望为家乡做点事情。

如今的燕公子已经是很成功的女企业家了。今年燕公子又受邀参加了华丽家族股份有限公司和中国科学院重庆绿色智能技术研究院共同控股的重庆墨希科技有限公司的石墨烯产品发布会，这是石墨烯在全球美容领域的首次应用。

石墨烯是21世纪最伟大的发现之一。石墨烯（Graphene）是由碳原子以sp^2杂化形成的具有蜂巢结构的二维原子晶体薄膜，其厚度只有人类头发丝直径的二十万分之一，硬度却是钢铁的100倍，是目前已知的最薄、最坚硬、室温下导电性最好而且拥有强大灵活性的纳米材料。很多业内专家都表示，未来10年，全球将形成5000亿元至10000亿元规模的石墨烯产业链。

燕公子参观考察的坐落于重庆高新区金凤电子信息产业园的重庆石墨烯产业园，就是石墨烯薄膜的研发生产基地。早在2013年底，重庆墨希科技就建成了全球首条拥有完全自主知识产权的大面积单层石墨烯薄膜生产线，率先实现大面积单层石墨烯薄膜规模化制备，现在石墨烯薄膜的年产能达300万平方米。同时，重庆墨希科技联合中科院共同打造了多款石墨烯应用产品，成为全国石墨烯行业的领头羊。公司秉持科学和商业价值的融合，基于石墨烯薄膜的高透光性、高导电性和柔性，已经研发出石墨烯轻颜嫩肤仪、石墨烯轻颜眼周仪、石墨烯美颈仪、石墨烯理疗仪等，并创建了“若水”品牌。“若水”成为2018芭莎明星慈善夜独家前沿科技品牌合作方。

燕公子了解到，墨希科技是国家高新技术企业和国家级知识产权优势企业，承担了石墨烯领域第一个国家863计划（国家高技术研究发展计划）项目，获得了重庆市技术发明一等奖，那时已拥有150余件授权专利，“石墨烯薄膜”获第三届中国国际新材料博览会金奖。此外，还获得美国IDEA工业设计优秀奖、中国设计红星奖、中国优秀工业设计奖等。

沙漠里的温度实在太高，何海峰从头上向衣服里倒水

燕公子之所以能成功，是因为她的眼光非常独到，能一眼看中商机并快速入手。在全球大力推广环保概念与高科技相结合的大环境下，她当即决定加入实力雄厚的墨希科技，成为若水品牌的联合创始人，将中国的黑科技带进了新加坡和东南市场，造福千万爱美爱健康的人。

燕公子和谢谢两个人就这样边走边讲，相互扶持，相互鼓励，在戈壁中艰难地跋涉。每隔一段时间，谢谢就主动帮燕公子做做拉伸，两个人虽然走得很慢，但离终点也是越来越近了。

5 谁会陪我走过这段人生路？

何“政委”的遐想

两天里，何海峰成了桂商战队的旗手、精神领袖，只要他在，桂商战队的旗帜就永远不会倒！

何海峰拿着队旗，一路向前跑，热得实在受不了，就拿出矿泉水，喝一小口，然后从头上及衣领处倒一些进衣服里。沙漠里的温度实在是太高了，倒进衣服里的水，刚刚让人感觉到有点湿润，很快就蒸发了。带的水本来就不多，要省着点用。因为水量一直控制在最低限度之内，再加上超大的运动量，何海峰感觉到一阵阵头晕恶心，脚上应该已经起了水泡，要不为什么每走一步，都会觉得钻心地疼？

为了分散注意力，何海峰强迫自己不去想疼痛的双脚，想一些其他的事情。他想起大学时代那段刻骨铭心的爱情，如果她在身边，会不会陪着自己一直走到终点？

从华南热带农业大学毕业后，何海峰就应聘到深圳飞达帽业公司上班，女友继续在学校读研究生。因为身处异地，相思成疾，女友无法忍受异地恋的痛苦折磨，提出分手。那时候通信还不像今天这样发达，何海峰下班之后，就在公用电话亭用IC卡给女友打电话，苦苦挽留。好几张电话卡里的钱都用完了，半夜三更商店都打烊了，没有地方买IC卡，何海峰回到住处，躺在床上，望着天花板，一夜没合眼。

天亮时分，他起身收拾好所有的行李，然后毅然到公司辞职，背上自己的一切家当，回到华南热带农业大学找了一份工作。

幸运的是，他挽救了濒临分手的感情。但做着自己不喜欢的工作，对

全队祝贺何“政委”夺取千人总名次第五名

何海峰来说，也是一种折磨。考虑再三，半年后他辞职去广州学习自己喜欢的广告策划，回到海南后，他和朋友联合开办了“椰力”食品厂。

那段创业的日子不堪回首。住在简陋的办公室里，时常因为资金短缺而焦头烂额，为此何海峰向很多朋友借钱来维持工厂的运营。

何海峰的父母得知后，觉得这是铤而走险，如果创业失败，便会万劫不复，于是劝他回广西，找份工作，踏踏实实上班。一贯孝顺的何海峰不忍违逆父母的殷殷期望，于是在2003年回到广西，进入了玉柴集团，从事广告策划工作。

上一次是何海峰不顾一切投奔女友，这一次，女友研究生毕业后便想飞到何海峰的身边来工作。有情人不再天各一方，终于在一个城市聚首。没想到的是，这段历经波折的感情，还是无法得到双方父母的认可，2004年，两个人黯然分手，他们都知道，没有家人祝福的婚姻不会幸福。

从2003年到2007年，何海峰在玉柴集团踏上事业上升的快车道，但是他的感情却永远停留在2004年和女友分手的那一刻。

2007年，何海峰接到女友的结婚请柬。何海峰知道，这段感情到了要画上句号的时候了，再加上年龄渐长，父母催促，他开始考虑自己的终身大事。

何海峰的爱人，是网上的QQ好友，比何海峰小8岁。经常出差的何海峰，只能通过网络来联络感情，两个人非常聊得来，女孩也知道何海峰前女友的故事。前女友结婚后，何海峰开始追这个女孩，没想到的是，女孩对他不冷不热，一直都不肯见面，后来干脆说要把自己的表妹介绍给何海峰。但是，“政委”就是“政委”，不但是做思想工作的高手，还是情感高手。经过不懈的努力，女孩终于同意，两人正式谈起了恋爱。

等到去见女孩父母的时候，未来的丈母娘一看这个女婿，怎么和女儿描述的完全不一样啊！又黑又瘦，又矮又丑，又老又没钱，又不当官，真不知道女儿看上他哪一点！

就是因为丈母娘的这番话，何海峰被周围的朋友戏称“七又男人”。

再后来，丈母娘终究是拗不过女儿，何海峰和这个女孩还是走到了一起。结婚之后，两人一直和和美美，有了一双儿女，生活平凡又幸福。

何海峰知道，初恋女友对于自己，永远是悬崖上的那朵白玫瑰，而老婆则是每天都不可或缺的白米饭。

人生不就是这样吗？握在手里的才是最美最好最适合自己的。工作也是如此。何海峰有时也会羡慕别人在商海游弋的豪迈，总想放飞自我，彻底任性一回，但是想到父母，想到家庭，就会犹豫，他不想让家人为他担惊受怕，更不想让他们受到拖累。权衡之后，何海峰觉得，现在的这份工作，其实蛮适合自己。

思绪万千，往事历历在目，何海峰一边遐想着，一边奔跑着，暂时忘却脚底水泡被磨破的痛苦。后半程，何海峰一直保持着高速行进。遇到下坡路段，他就借助惯性跑起来，跑累了，再走一段，只要觉得体力稍有恢复，他又开始跑。中途遇到组委会的摄影师记者想要采访他，谁知道这点时间他都不肯浪费，一边跑一边回答问题，摄影师扛着摄像机哪追得上他，于是何海峰也就错过了一次上电视露脸的机会。

不断超越，何“政委”为桂商战队赢得了荣誉。

由于今天是比赛日，何海峰一路上不断地超越强者。越是往前，人越少，在茫茫的戈壁上，往前看不到人，往后也看不到人，对讲机没有信号，仿佛只能听到自己的呼吸声。每个脚底的泡有三个指头那么大，让人看到都害怕。由于两个脚底的泡已全部磨烂掉，何“政委”只能用后脚跟做着力点，走起来相当艰难，每前进一步，都要相当的毅力，但在这种情况下，何“政委”依然咬紧牙关，以超乎常人的意志，坚持着，一路向前。

终点在即，何海峰全力冲刺。当他冲过终点的时候，感觉整个人都快虚脱了，看了一下表，12:20。从早上7:50出发，他只用了4个半小时，就走完了实际有35.6公里的路程！

何海峰取得了桂商战队第一名，总名次第五名的好成绩。在一千多人的队伍中有多名专业马拉松队员，但他们这次都不是何海峰的对手，何海峰的拼劲由此可见一斑！对于这一点，何海峰有种难以言表的自豪感！

6 慕蓉眼睛受伤，大洋牵手同行！

出发后不久，大约在5公里时，大洋就已经落到最后。看不到队友，体力尚可，大洋一直坚持着，没有了第一天的兴奋。

走着走着，大洋就看到前面有个桂商战队的队友正一手揉着眼睛，一手拿着手杖，像个盲人一样，摸索着前进，走近一看，原来是军师慕蓉！

沙漠里太阳毒辣，紫外线强烈，长时间暴露在阳光之下，容易被晒伤，还有可能引起日光性皮炎，所以需要做好防护措施。涂抹防晒霜，戴好遮阳帽和墨镜是最好的方法。

出发前慕蓉涂抹了一遍防晒霜，没想到，刚走出没多久，防晒霜就顺着汗水，流到眼睛里，眼睛火辣辣的疼，再加上阳光的刺激，根本就睁不开眼睛，眼泪哗哗直流。

大洋问慕蓉怎么了。

慕蓉告诉他，可能是防晒霜进到眼睛里了，现在什么都看不见……

大洋自然而然地拉起慕蓉的手，说，我拉着你走吧！

就是这个小小的拉手的动作，竟然把慕蓉吓了一跳，想要把手抽回来，又觉得不妥，只能任由大洋拉着她往前走。

出生在军人家庭的慕蓉，其实蛮保守的。

因为父母要求严格，从小到大，慕蓉在长辈眼里都是最让人放心的孩子。小时候跟奶奶长大，奶奶信佛，她印象里的童年，很多时候，都是在给奶奶抄写经书中度过的。虽然那时候小，并不理解佛经的含义，但在抄写的过程中，有时候奶奶会给她讲一些人生道理，耳濡目染之下，慢慢地，她的“三观”就这样形成了。

慕蓉生活中克己自律，就像健身和跑步，坚持了十多年。她喜欢一个人奔跑在路上，不断修正、锁定自己的目标，一开始跑半个小时，再后来一个小时，一直到能一次跑十公里，就算中途累得已经不想再抬起腿来，只要想到那个自己设定的目标，她就会继续跑下去。对目标咬住不放的个性使她一次次突破极限，不断突破自己使她的成就感油然而生，她欣赏自己对事物坚持的品格，这种坚持不仅仅体现在跑步上，还已经渗透到了她生活的方方面面。

到了恋爱结婚的年纪，她就在家人的安排下跟前夫相亲，互相看着顺眼就开始谈恋爱。

那时候的慕蓉，已经是一家汽车销售公司的销售主管，而前夫也是单位的领导。或许是碍于面子，或许是放不下架子，两个人的恋爱，就仿佛外事往来一样，礼貌而克制。

约好去看电影，各自开车到电影院，各买一张票，看完之后各自回家。两个人从来都没有手拉手逛过街，更别提小情侣之间的卿卿我我和打情骂俏了。

慕蓉有个妹妹，天天和男朋友腻歪在一起，看到他们，慕蓉心里那个羡慕嫉妒啊。可是，真让她学着撒娇卖萌，她就像僵住了一样，根本做不出来。因为在慕蓉的心里，她觉得，有些场合，有些时候，还是应该克制一下。

2010年结婚，2015年离婚，5年的时间，给了慕蓉一个可爱的儿子，但是从来没有让慕蓉尝到爱情的滋味。前夫人很好，给予她丰裕的物质生活，却没能够在慕蓉最需要他的时候，陪在慕蓉身边。

这份婚姻，对慕蓉来说，只是一段人生经历，并没有留下太多美好回忆。

当大洋自然而然地拉起慕蓉的手，这种陌生的感觉才会让她吓了一跳。两个人一边走，一边聊天，不知不觉走出去三四公里。

作为一名“老户外”，这种意外发生在自己身上，她有点无可奈何。戈壁滩果然不同凡响啊，稍有不慎，它就会以它的方式给你留下深刻的记忆。她祈祷千万不要因为自己影响到战队的成绩，不能成为其他人的拖累，不能让大洋因她而放弃冲刺。

慕蓉眼睛稍微好了一点，勉强能看到前面的路，就让大洋先走。

大洋把自己的墨镜给了她，慕蓉把对讲机给了大洋，让大洋先一个人

奔跑中的慕蓉

实力强劲的潘灯，夺得桂商战队第二名的好成绩

向前走，准备冲刺，慕蓉自己则摸索着继续前行。

还好慕蓉在眼睛受伤后，第一时间就已经通知了其他队友。此时，潘灯已经奔走在冲刺的路上了。

7 王哥，感恩有你！

出发的时候，潘灯和紫愈一路，排在了第三梯队。

由于“大姨妈”在身，第一天运动过量，脚上有两个比较严重的水泡已经出血了，所以潘灯走起路来一瘸一拐。

地面上星罗棋布的小石子，硌得脚生疼，一个不留神，就有可能造成扭伤。在几公里后，因为体能的差异，队友们逐渐拉开了距离。此时，紫愈拿着的对讲机响起来：“慕蓉的眼睛受伤了，需要人补位，第三梯队的队友，要向前冲刺了！”

大将受伤，现在也只有第三梯队的潘灯、紫愈，以及介于二、三梯队作为机动队员的大洋能够以最快速度赶上前几名的步伐了。在不同位置的大洋和潘灯，此时同时做出了冲刺的决定，只是两个人并不知道，此时，他们的方位是潘灯在前，大洋在后。

又要面对一个人的战场了，潘灯咬了咬嘴唇，跟紫愈道了声加油，转身迈步向前。

大风呼啦啦地吹卷着前方的黄沙，让阳光都黯然失色。苍茫大地上，潘灯举目四望，队友们早已不知所踪，自己的腿像灌了铅，一步，一步，一步……

可能是走得太急了，大腿内侧的筋像打了结，每迈出一步，都剧痛无比。真是屋漏偏逢连夜雨，“大姨妈”的余威犹在，脚底的血泡大概早就血肉模糊，可能已经疼到极限麻木了吧，反倒没有太疼的感觉。

身边偶尔看见救援车颠颠嗒嗒地开过去，不知道谁又选择了退赛。

荒凉的沙漠里，又只剩下潘灯一个人。她咬着牙，深一脚，浅一脚，步履艰难地走了十几公里，实在走不动了，四周茫茫一片，看不到太阳，看不到队友，看不到前路，看不到希望……

天气炎热，再加上长时间的体力透支，大脑缺氧，潘灯明显感觉到自己的心情和第一天有了巨大的差异，新鲜、惊奇与斗志昂扬已经褪去，取而代之的，是恐惧、畏缩和逃避。

漫天黄沙中，潘灯这种感觉越来越强烈，眼前金星乱闪，脑子里好像有两个声音在吵架——

我可能坚持不下去了，我要放弃。

如果这样做，我的旅途还算不算完美？我的人生还算不算完美？

我已经尽力了，呼叫后勤队员，就可以马上离开这里。

潘灯，坚持，再坚持一会儿！

我已经受伤了，现在退出，没有人会责备我，一旦造成不可挽回的后果，会后悔一辈子！

潘灯使劲摇摇头，想要把消极的声音从脑子里驱逐出去，但是没有用，那声音越来越大，几乎要把潘灯淹没了！

当一个人处在困境中迷茫的时候，需要的不是嘘寒问暖，而是肯定、鼓励和支持。现在的潘灯，需要一个更加强有力的声音，把她从纠结犹豫的泥潭里拯救出来。

必须要找一个人帮忙！潘灯四处张望，忽然不远的前方出现一个人影，那个人是王哥。潘灯就像遇到救星一样，大声呼救："喂！帮个忙好吗？"

王哥向潘灯走了过来。

潘灯急切地说："我快撑不下去了，帮帮我！"

王哥犹豫了一下，然后搀扶住潘灯问："你怎么了？"

潘灯说："我想要放弃，已经快控制不住自己了，如果我想上救援车，你一定要拦着我！"

王哥告诉潘灯，这是极度劳累状态下的一种正常反应，不要着急，深呼吸，放平心态，慢慢就调整过来了。

在王哥的疏导下，已经被消磨殆尽的信心，重新回到了潘灯心中。

就这样，每走几公里，王哥就会蹲下来，帮潘灯进行肌肉拉伸恢复。每当潘灯丧失耐心与信心，问他还有多远时，王哥都会轻描淡写地告诉她："快了，马上到了，再坚持一下啊。"最后的十几公里，就这样在王哥的搀扶与牵引下走到了终点，最后的十几米，王哥才放手让潘灯一个人走，王哥说，最后冲刺，你要自己来！

潘灯后来才知道，自己竟然是以全队第二名的成绩到达终点的！

躺在战队营帐内的潘灯，意识有点模糊，歇息了片刻后，豁然想起，刚才一路搀扶自己回来的那位大哥，连人家是哪个战队的都不知道，也不知道姓甚名谁，更别提联系方式了。

于己有恩之人，怎么可以连郑重地道声谢都没有呢。要去找到他！

找了好几个帐篷，都没有找到王哥，潘灯只能拖着疲惫的身子到医务站去包扎脚上的伤口，没想到却在那里得到了他的消息，巧的是，王哥战队的帐篷，恰恰在桂商战队的斜对面。两个人闲聊中，潘灯得知，为了照顾自己，王哥放弃了已经领先的排名，这让潘灯很过意不去。当王哥得知潘灯获得全队的第二名时，冲她伸出大拇指说：“好样的！”

潘灯半开玩笑地说：“军功章也有你的一半啊！”

听到这话，王哥哈哈大笑起来。

对于潘灯来说，王哥是帮助她完成蜕变、让人生不留遗憾的恩人，于是留了他的联系方式，直到今天，他们都还保持着联系。

8 刚极必折，情深不寿！

出发前，队长李永超给了紫愈一个对讲机。紫愈心里窃喜，因为调到他所在战队的频段，就能听到他的声音。

潘灯为了冲击名次，已经冲到了前面，又剩下紫愈一个人在孑然独行。

今天紫愈的心情已经平复了一些，听到他的声音，不会再心如刀割，感觉他离自己越来越远，吸引力也越来越弱。相反的，对于徒步，紫愈的兴趣越来越浓，当注意力都集中到行走的双脚上后，就不会再频繁地想起他。

因为戈壁上有风蚀的沟壑，走起路来深一脚浅一脚，遍布的骆驼刺很容易勾住裤脚，所以，得时时看着脚下。

有时候明明是朝着指示旗方向走，若只顾低头看路，稍不注意再抬头，就已偏离了好远。走这一段路，紫愈最深的感触是目标很重要，抬头看路比低头赶路更重要。

走着走着，紫愈遇到了大洋，得知潘灯已经冲在前面了，大洋放下心来，于是和紫愈结伴而行，累了就互相拉伸。这时候，紫愈感觉脚底好像踩着一枚图钉，生疼生疼，她知道，脚上肯定已经起泡了。

由于自己拿着对讲机，紫愈觉得应该为其他队员做点什么，于是她就不停地在对讲机里给大家加油鼓劲，大声喊着桂商战队的口号。

忽然，一阵晕眩欲吐的感觉涌到紫愈的嗓子眼，她赶紧拿出背包里的藿香正气水喝了下去，缓缓坐在了地上，希望借此缓解一下阵阵袭来的难受。前面50米开外就是救援车，大洋连扛带拖地把紫愈扶上救援车。

测量体温，只有36℃，此时的紫愈已经有中暑的迹象，头晕，浑身发抖。医务人员不让她下车，劝她放弃比赛，紫愈说："不行，前六名算成绩，我还要拿名次呢，我休息一会儿就行！"

看到大洋在旁边陪着自己，紫愈就赶大洋走，让他不要耽误了比赛。大洋不放心地说："等你好点了，我再走！"

大约休息了20分钟，紫愈感觉体力恢复得差不多了，大洋才放心地继续前行。

看着大洋的背影，紫愈心里有说不出的滋味。曾经爱过的人，从不曾停下来等一等她，而初次相识，总共说了不到10句话的大洋，却在关键时刻留下来陪着她。

紫愈也在反省这份感情，有真心，也有自己的固执与不甘，说到底，还不是因为自己性格刚烈，不愿接受这个现实吗？

"刚极必折，情深不寿"这句话忽然钻到了紫愈的脑子里，让她豁然开朗。

距离营地还有一公里的时候，前方一个熟悉的身影让紫愈激动起来，昨天那个兰州大哥就在前方不远处，紫愈高喊着"兰州大哥"加快了步伐。人在旅途，每个帮助过自己的人都让人感到亲切，也更值得珍惜。兰州大哥停下脚步，回过身，看见是紫愈，大喊着："加油加油！"两个人手拉着手一起冲过了终点。

紫愈奇怪的是，最后一刻精疲力竭地奔跑，感觉到的竟是前所未有的轻盈和轻松。

也许是因为这一天成绩计入比分，紫愈想得最多的是要给团队拿个名次。可毕竟从来不锻炼，连街都懒得逛的紫愈，最终跟第一天一样拿了个

让我们手挽手，一起征服戈壁

慕蓉加油

第八名。没有突破自己，紫愈觉得有点遗憾。

9 慕蓉，把生活酿成最甜的美酒！

慕蓉与红糯米的缘分——“慕蓉仁家”甜酒

作为桂商战队的军师、主力队员，在正式比赛的第二天，慕蓉还想拼一把，和大洋分手之后，慕蓉独自一人在沙漠里奔走。

常年保持健身和游泳的习惯，让慕蓉走得很轻松，唯一让她觉得有点不舒服的是鞋子。因为长时间的行走，她的脚已经肿胀得厉害，鞋子变得有些挤脚，压迫到小脚趾，不时传来的阵阵刺痛，疼得她忍不住倒吸一口凉气。

从早上出发，小脚趾的疼痛就不时发作，到了下午，神经已经麻木了，除了钝痛和肿胀之外，几乎没有任何感觉。

慕蓉调整到最佳配速，继续前行，终于有了一段短暂的时间，可以思索自己的事情了。

在慕蓉30多年的人生岁月中，很多重大的决策都是自己做的，对于跟自己有关的事情，她并不刻意追寻什么，但只要选择了，她就尽最大努力把事情做好。故而，她在大学毕业后的几年里，由一家汽车销售公司的销售顾问，做到了总经理，直至品牌总监，掌管五家4S店，一时间，初出江湖的她，挥斥方遒，意气风发。

那些年里，总的想来，基本还算诸事顺遂，没有太多的波折，一切自然而然地发生。她身上具备的好学上进、认真负责、积极努力等诸多职场人应该具有的优秀品格，成就了她不断提升的业绩，也逐步培养了她作为一名管理者的素质。那几年的成功，好像也印证着她一直以来根深蒂固的认知：只要付出，就有回报。

如果不是2015年发生的那件事，现在的慕蓉可能还在原来的轨道上按部就班地工作、生活着。就在那一年，公司新来了一名副总，两个人经营理念出现了严重的分歧，最后竟然到了水火不容、有你没我的地步。一时意气用事，慕蓉提出辞职。作为公司品牌的创始人，爱才惜才的总经理极力挽留，但慕蓉心意已决，丝毫不为所动，于是她离开了为之奋斗了10年的公司。也是在那一年，慕蓉的婚姻也触礁了，她成了失业失婚失魂落魄的单亲妈妈，生活瞬间失去色彩，跌入灰暗的深谷。

以慕蓉的性格，她绝不允许自己一蹶不振，经过一段时间的调整后，她决定创业。

慕蓉天性向往自由自在的生活，但是长年的管理工作铸就了她理性的思维方式。辞职后，她骨子里的感性便占了上风，再次选择的行业都是自己喜欢的。但是没有谁的人生是一帆风顺的，更没有谁初涉一个完全陌生的领域就做得风生水起，慕蓉也不例外。

经过考察，慕蓉选择了养海鸭这个项目。敲锣打鼓刚开张不久，一场台风过后，鸭棚倒了，鸭子也飞了，慕蓉生生地赔了100多万。

2015年的广西，旅游业正逐渐升温，慕蓉敏感地捕捉到了商机的气息，开始在广西各地选择合适的地方开办民宿。民宿的经营刚刚有点起色，市政部门就开始大规模整修沿海公路，而且一修就是3年。那段时间，要想开车到慕蓉的海边民宿，就要翻深沟，跨水坑，绕过堆积如山的修路材料，还要防备昨天还能勉强通过的那条路，今天就因为施工而被彻底封上，还要兜兜转转寻找别的道路的情况。在这样艰难的条件下，慕蓉苦苦经营，她不希望自己喜欢的这个项目轻易地夭折了。

在柳州考察的时候，慕蓉意外地发现了当地的一种珍贵农作物——红糯米。这红糯米还有着一段美丽的传说：古老侗寨中，有位首领给当地人民带来了种子，让人们进行种植，这种子长出的就是红糯米，食后百病不生。后来，这位首领化作了凤凰，一直守护着这片土地上世世代代的人民。

红糯米也称胭脂米，是一种极为珍贵的作物，相传在古代是供皇室、名门望族专用的。此米呈椭圆柱形，营养极其丰富，里外都呈暗红色，顺纹有深红色的米线，煮熟后色如胭脂、异香扑鼻、味道极佳。

侗族的千年红糯米从北宋年间就开始种植，因淡淡的胭脂色，据说被康熙帝赐名胭脂米。红糯米与禾花鲤鱼相伴相生，一年一季。收获时需要手持古老的禾剪将稻穗一根根剪下，捆好挑回去，在禾廊架或吊脚楼的栏杆上晾晒40天到2个月。由于村民一直未开垦新的梯田用于扩大胭脂米的种植范围，一亩稻田年产只有500斤。一年一季，自然农法耕种，遵循作物的生命交替循环，因而红糯米弥足珍贵。

红糯米具有养肝、养颜、泽肤等功效，适宜营养不良、面色苍白、皮肤干燥及身体瘦弱者食用。

慕蓉灵机一动，用红糯米做甜酒，岂不是更好？这对于爱酒的慕蓉来说，是件再好不过的事情了，她要做一款适合女人喝的甜酒！慕蓉一直相信，任何食物、任何颜色都有疗愈身心的作用，如果心受伤了，只有红色才能重新点燃希望。

说做就做，联系工厂，研制配方。由于经验不足，技术不过关，第一批红糯米甜酒全部发霉，把慕蓉都急哭了。

工人劝慕蓉说，从没见过谁做红糯米酒还要加当归、枸杞、红枣之类的中药，在发酵的过程中，这些中药会影响酒曲的活性，这也是第一批酒为什么会失败的主要原因。自古至今，侗族人做红糯米酒都只用两种配料：红糯米和酒曲。

慕蓉不这样认为，她觉得，既然是专门为女人研制的甜酒，如果没有了这些对女人有益的中药，那和普通的甜酒有什么不同？

慕蓉的性格里有种不达目的誓不罢休的执着，想要做成一件事，会有破釜沉舟的决心。于是慕蓉遍访八桂大地的酿酒工匠，为了寻找一块合适的酒曲，甚至会翻山越岭到大山里的少数民族聚居区。功夫不负有心人，配方经过数十次的调整，“慕蓉仁家”甜酒终于试制成功了，酒精度近乎为零，而且此酒更香甜，更健康！

虽然酒的质量、口感都能达到标准，也取得了较好的市场反馈，但因原材料的局限，产量受到了限制，这成为慕蓉亟待打破的困境。慕蓉又马不停蹄地跑遍了广西、贵州等地大小乡镇和村落，寻找原料。

经过一段时间的奔波，甜酒的原料解决了，产量也提高了，慕蓉又开始考虑如何把“慕蓉仁家”这个品牌做大。她放弃了陶瓷瓶的包装，采用了一条易拉罐的生产线。这次大胆的创新，使甜酒跻身功能饮料的行列，改变了人们对甜酒的传统印象。

人最难得的是从事的职业恰恰是自己喜欢做的，但要把自己喜爱的事情做好，仅有喜爱与热情却是远远不够的。防城港海边的民宿正处于生死攸关的十字路口，甜酒的事业也需要大量的资金进行品牌推广，该何去何从，放弃什么，坚持什么？都是自己的心血之作，放弃哪一个，都会于心不忍。慕蓉陷入两难之地。

慕蓉一路走，一路思索着这些问题。作为一名创业者，她是个新手，但是既然是做企业，就不能仅仅是出于兴趣，而先要考虑产品的生存和价值，以及企业发展的大方向，产品具有价值，才会被市场认可，发展方向对了，坚持下去就会看到成功的那一天。就像现在，不管怎样，只要向着终点一直走，就会走到。

忽然，一阵激越的锣鼓声把慕蓉拉回现实，她抬头一看，终点已经在眼前，胜利的欢呼声一浪高过一浪，慕蓉知道，乌云已经散去，曙光就在前头！

她加快脚步，向着终点冲刺！

慕蓉的成绩是全队第五名，对于这个成绩，她稍稍有点不满意，不是还有明天吗？明天一定要争取更好的成绩！

10 非常 5+1，全力以赴，只为全队的成绩！

大洋——人生“放飞路”

天气炎热，阳光燃烧着戈壁，大洋感觉就像躺在滚烫的铁板上一样备受折磨，嘴唇和皮肤因为失水而干燥紧绷，仿佛要裂开一样难受。

出发的时候，为了减轻负重，大洋的补水袋里只装了半袋水，想要到补给站再补充。没想到的是，第二天只设了一个补给站。水已经快喝完了，也不知道离补给站还有多远，大洋看着水袋里仅剩的一点点水，做着艰难的选择：是喝掉，还是倒进衣服里降温？

考虑再三，大洋还是把水喝掉，然后又翻看着背包，想要找出一点带水分的零食，可是他失望了，牛肉干、巧克力，现在吃了会更渴。

此时此刻，待在原地，身体也会因为炎热而蒸发水分，继续向前走，则会离补给站越来越近，也离水和希望越来越近。

大洋继续前行，此时他的脑子里一片空白，眼前是无尽的黄沙，白得刺眼的太阳光，以及近乎崩溃的神经。他只能下意识地、机械地挪动着双腿，至于能走多远，走多快，他都无暇去想。

14:00点左右，大洋看到补给站帐篷的时候，好半天才回过神来，我竟然走到补给站了？饥渴难耐的大洋猛吃了好几块西瓜，在补给站里休息了半个小时，感觉好多了。没想到的是，由于西瓜吃得太猛，接下来的5公里，腹部痉挛一直折磨着大洋，让他痛苦不已。

腹痛慢慢减轻，大洋加快脚步。尽管不知道其他队友所在的位置，也不知道自己现在是第几名，但他心里只有一个念头：拼尽全力往前冲，每赶超一名队员，桂商战队的总成绩就能提前一点。

这时候，大洋的对讲机里响起慕蓉的声音："大洋大洋，冲刺小队已经有5人抵达终点，还差1人！你必须要全力冲刺了！"

大洋回答道："明白！"

接下来的1小时10分钟，大洋走了接近6公里，他几乎是边走边跑。终点在向自己招手，大洋心无旁骛，全力以赴！

因为速度太快，大洋甚至能听到耳边呼呼的风声和胸口"咚咚"的心跳声，这种感觉既熟悉又陌生，似乎以前也有过类似的经历？

大洋的大脑极速运转着，想起来了——

那是几年前，自己参加一次三峡溯溪活动，走到一半的时候，遇到一个7米高的断崖，下面是个深潭，没有路可以绕过去，更不可能走回头路，唯一的办法就是：跳下去！

站在断崖边，大洋的恐惧已经到了极限，他水性不好还恐高，看着下面泛着绿光的水面，大洋的脑子里冒出可怕的念头：万一撞到潭底的石头上怎么办？跳偏了怎么办？被水呛到怎么办？

这时候，站在大洋旁边的一个胖胖的大姐，兴奋地尖叫着跳了下去，吓得大洋赶紧闭上了眼睛。

大洋太了解自己的性格了，遇到冲突会忍让，考虑得太多，容易自缚手脚，也正是因为想要改变自己的性格，才会参加溯溪活动。别人都跳下去了，只剩下大洋一个人站在断崖上。

逃是肯定逃不掉了，大洋心一横，眼一闭，向前一跃而起！

是的，在起跳和降落的过程中，他真真切切地听到了风声和心跳声。

那一跳之后，大洋明白了，人和人没有太大的区别，就是能不能认清自我，放飞自我。

大洋是湖北恩施人，因为不喜欢稳定的工作，大学毕业后就到深圳闯世界，从销售做起，后来也做过直销和保险。

在工作的过程中，大洋发现自己性格上的弱点：犹豫不决，举棋不定，心软，总是替别人考虑，不太会拒绝别人。工作中经常会被同事抢掉客户，对客户提出的苛刻要求因为不好意思拒绝，而只能自己承担损失。那段日子对大洋来说，简直就是暗无天日！周围的朋友也劝他说："你这种性格，不适合做销售！更不适合在竞争这么激烈的深圳工作，还是回老家找个安安稳稳的工作算了！"

是打点行囊做个逃兵，躲避开这些明枪暗箭？

还是迎着冰刀冷剑，改变自我，一往无前？

大洋选择了后者，不适合做销售，我偏偏就要做！性格软弱，就参加极限运动，锻炼一颗强大的心脏。于是，那几年，大洋去三峡溯溪、悬崖速降、蹦极，越苦越虐的运动，他越是去挑战！

就这样，5 年的时间过去了。大洋发现，自己的性格变得越来越坚强果断，原则分明，销售业绩也是一年比一年好，甚至自己的外貌都有了变化，面部线条棱角分明，目光坚定，语气坚决，再也不是原来那个总是被别人牵着鼻子走、连个"不"字都不敢说的青涩少年。

性格变了，人生也变了。

现在的大洋，从事的职业是管理咨询、培训师，不但要在成千上万的人面前演讲，更要用自己的理念和经验说服大企业的老总。在心理的博弈和意志的较量上，他丝毫不逊色。

起初为了锻炼性格而参加的户外极限运动，现今已经变成了大洋生活中不可或缺的一项重要内容。只要有时间，他就会天南海北地去参加各种活动。

接近终点的时候，大洋的对讲机里传来慕蓉的声音："大洋大洋，孔艳已经赶到终点，你不用着急了！"

听到这个消息，大洋停下来喘口气，才发现浑身酸痛，嗓子眼冒烟，眼前金星乱闪，身体就像散了架一样。

回到帐篷里，大洋发现脚上起了6个水泡，一瘸一拐地去医务站处理脚上的水泡，看到何海峰也在。大洋已经听说何海峰拿到了个人总排名第五名的好成绩，他问何海峰怎么做到的。

何海峰脸上带着他一贯轻松的微笑，说："祖传的！"

大洋刚想要开口说话，忽然看到何海峰的双脚，他惊呆了。

何海峰的整个脚底板血泡连着血泡，都已经磨烂了，血肉模糊，渗出的血水，把纱布都浸透了。

回到帐篷里，何海峰还主动帮大洋做拉伸。大洋看着他，心里涌现出无数个疑问，这个人到底是有多大的能量？在拿了全队第一名之后，还要帮队友做拉伸？他的意志力要坚强到何种程度才能承受住身体上这么大的伤痛，坚持走完全程？

大洋停下休息，享受一下戈壁时光

这些刚刚认识的队友们，每个人身上都散发着超强的魅力，都让人肃然起敬，都值得做一辈子的朋友！

晚饭的时候，大洋遗憾地发现，没有羊肉汤！不但是大洋，何海峰也开玩笑地说，幸亏昨天的羊肉汤，要不今天拿不到这么好的成绩！

吃饭时，大洋碰到敦煌当地的一名队员，他说昨晚的沙尘暴在敦煌算是最小的，真正的沙尘暴比这个要恐怖几十倍！汽车都能吹翻，何况是人呢！咱们还没进真正的沙漠呢，沙漠里的沙尘暴，能吹着一座小山往前走！

他的这些话，让听到这些话的人都觉得有些恐怖，毕竟第三天的赛程，全程是沙漠，艰辛程度是四天之最！

其实对大多数人来说，条件再艰苦，身体再劳累，还都能克服，如果真的遇到沙尘暴，人的力量根本无法与之对抗！

这才是沙漠最可怕的威胁！

11 谢谢的第一次中暑！

谢谢在戈壁上展翅高飞

中途，谢谢和燕公子遇到了孔艳，三个人结伴而行。三人一路陪伴，一路鼓励，每过一个小时便相互拉伸，放松身体，就这样走到最后3公里。接近终点，工作人员告诉他们，加快速度，还有名次可以拿！

谢谢一听，瞬间像打了鸡血一样，跟燕公子和孔艳打声招呼说：“我要冲刺！”

一路小跑加快走，气喘吁吁，满身是汗，谢谢感觉到头晕目眩，快虚脱了！但每当超赶一个人时，谢谢心里都会生出一种成就感，再苦再累，一切都值得！

由于戈壁滩路上遍布石头，地面不平整，终点近在眼前了，谢谢求胜心切，没有低头看路，一不小心拉伤了左脚的筋脉。巨大的疼痛，让他差点跪倒在地，看着终点飘扬的彩旗、激扬的鼓声，那仿佛是荣耀的呼唤、胜利的呐喊、鼓励的尖叫，谢谢咬紧牙关，继续向前冲去，目标只有一个：我要冲过终点线！

冲过终点，何海峰扑过来给谢谢一个强有力的拥抱，谢谢心里特别感动，在这样的环境得到队友的迎面关爱，就是对他最大的肯定！

3公里的路程，谢谢不到30分钟就跑完了，名列全队第四名！

有工作人员送上西瓜，谢谢狼吞虎咽地吃了几片，刚一坐下来，他就感觉非常难受，呼吸急促，心跳极快，都已经超出能承受的范围了！

可能刚好是中午酷热时分，又一路小跑，运动过于激烈吧，谢谢当时是这样想的。可是大腿两侧突然传来火辣辣的刺痛，就像真的有火在灼烧着他的皮肤！

因为从来没有中过暑，谢谢也没当回事儿，有气无力对旁边的工作人员说："真是累惨了，我感觉大腿都要着火了……"

看到谢谢面色潮红，工作人员有经验，神情严肃地建议他马上把衣服、护膝脱掉，现在必须散热！

谢谢顾不上许多，七手八脚把衣服全都脱掉，工作人员拿起矿泉水，不停地往他的身上浇，过了好久，谢谢才仿佛大梦初醒一般，回过神来。这时候，他唯一的感觉就是疲惫，只想找个地方躺下来。

谢谢不知道，他刚才从鬼门关走了一遭。

中暑的症状是心跳迅速加快，可达160~180次/分，体温可升至40℃~41℃，但是皮肤却是冷凉湿滑，但患者常常有"着了火"的感觉。这种状况下，腋下测温无法测到真实体温，只能测量口温和肛温。而体温达到41℃是危险指标，如果再高1℃，就会损伤大脑及内脏器官，会引起死亡！

按谢谢当时的体感特征分析，他的体温应该已经达到41℃的临界值，情况相当危急，如果处理不当，恐怕会造成严重后果！

回到帐篷里，脱掉袜子，谢谢发现脚上起了8个水泡！

12 胜利，来之不易！

曾宪国第三个抵达终点，落后潘灯很小一段距离，本来以为第二名稳操胜券，没想到半路杀出个潘灯，虽然有点小小的遗憾，但很快就被胜利的喜悦冲得无影无踪。"再鸣惊人"，他也做到了！

可怜的拉姆，第二天脚还是有点疼，出发没到半个小时，就落到了最后一名。

自己一个人孤单地走，路上不认识的队员看到拉姆，也会给她鼓励加油，但是拉姆知道，没有任何人能替代她走完这段路程，她唯有咬紧牙关，默默向前。

走着走着，拉姆心里也会忍不住委屈，为什么要受这种罪，在家里吃香喝辣要啥有啥不舒服么，挑战自己，是那么容易的事情吗？可是转念又劝自己，以前真是太幸福了，从来没有这种经历，尝试一下未尝不可，这个世界上，有几个人不是一边不想活了，一边还咬牙坚持着？做了这么多年生意，这点困难肯定不会打倒自己。这时拉姆心里又有了一股劲儿，觉得又能再往前冲个一两公里了。

拉姆的状态比第一天稍微好一些，走了大概七八公里，看见一个二作人员在那里喊加油给队员助威。刚好他的车有影子的一边比较阴凉，拉姆就坐那里休息一下，然后工作人员就问需不需要搭一段顺风车，拉姆就想，搭就搭一段吧，搭个两公里也好呀。然后就上了车。谁知道，不多不少正好两公里的地方，他又停了下来，下车给队员喊加油，并且给他们补充水和补给。

拉姆心里那个后悔呀，就是因为自己一念之差，差点“晚节不保”！就算是拿不到名次，也不能这样自暴自弃啊！

拉姆赶紧跳下车，继续开始她的“蜗牛之旅”，不过呢，蜗牛虽慢，一直向前也能致远千里。还好第二天的路况还算平坦，河滩和河床占了大部分，虽然太阳非常非常晒，但是因为拉姆不急不躁，匀速前进，不知不觉竟然走完了30多公里，一抬头，终点竟然近在咫尺。

这一路让拉姆明白了一个道理，如果目标太远，不如忽略它，只要方向没错，踏踏实实地走好每一步，不急不躁，一样可以到达终点。

拉姆的思绪开始飘远，丈夫走后，自己的小家、公婆家还有父母家的重担都落在了拉姆的身上，她感觉到前所未有的压力，在公司的业务上，有时候难免会急于求成，这样反倒欲速则不达。这次徒步，能跳出原来的思维框框，从另外的角度考虑问题，未尝不是意外的收获。看来这世界上，没有白吃的苦白受的罪，一切都是最好的安排。

想到这些，拉姆情不自禁地笑了，她抬头看着天边，晚霞灿烂夺目，把一切都涂抹上了一层柔美的光辉！

完成最后3公里的行程，孔艳和燕公子相继赶到终点，名列第六、第七。第二天的行程，不知道是因为适应了还是想通了很多事，孔艳心情变得格外轻松，虽然身体状况处在低潮，但是状态却是出奇地好。

当孔艳得知第三天的行程地形复杂多变时，她变得异常兴奋。连何海峰都说：“孔艳，怎么你一听要进沙漠，眼睛都发光了？”孔艳一边做着拉伸，一边情绪高昂地说：“对啊‘政委’，我可一直期待着走沙漠呢。”

经历了前一天的劳累，出发的时候，邓欣的心情并没有第一天那么兴奋，更让她难过的是她又掉队了。

一个人走在路上，目光所及，只能看到很远处有一两个小圆点，在缓慢地移动，距离远到你扯着嗓子大声喊，他们都听不到。邓欣为了抄近路，没有走大队伍走的路，一个人越走越累，想放弃的念头不断冒出来，她只能加快脚步拼命用身体上的疲累把这些想法从脑海里赶出去，咬咬牙走了一段又走了一段，再咬咬牙，终于到了补给点！

邓欣远远地看到队长向自己走过来，那时真想抱着队长哭一场，一路一个人走得太累，终于找到组织了！

从补给站出来，邓欣还是一个人往前走，几公里后，车祸时留下的旧伤又开始隐隐作痛，她有点担心自己还能不能撑下来。

就在这时，邓欣看到一群人头碰头围在一起，手忙脚乱，还有几个女孩子吓得在旁边尖叫，救护车飞速地向这边行驶过来。邓欣不知道发生了什么事，便走了过去，原来有人中暑晕过去了。这是邓欣第一次看到人中暑全身抽搐、整个脸都变形的样子。邓欣吓坏了，全身发冷，一下子瘫倒在地哇哇大哭，一种莫名的恐惧把她带入崩溃的边缘，她觉得下一秒钟，自己就会变成女孩那个样子。车祸留给她的心理阴影，让邓欣满脑子都是疯狂的自责：为什么要参加这次活动，为什么，为什么？我不能死在这里！绝对不能！

看到邓欣像吓傻了一样坐在地上，几个人上前想要把她拉起来，邓欣的双腿就像没有知觉一样，站都站不起来。大家七手八脚把邓欣抬上救护车，过了好半天，邓欣才回过神来，这时候，救护车已经拉着她和那个中暑的女孩向终点驶去。

邓欣第一句话就是，哎呀，要被扣分了！

医生安慰她说：“你是被强行拉上救护车的，不会扣分的！”

邓欣这才长舒了一口气，她扭头看中暑的女孩，女孩已经醒过来，面色惨白，目光呆滞地躺在担架上。邓欣再一次感受到恐惧，就跟上一次出

拉姆感觉这沙太舒服了

车祸的时候一模一样，这种感觉，她这辈子都不想再次体会！

天性使然，邓欣不喜欢跟别人争，如果非要争的话，那她宁愿退出。

算了，拿不拿第一也没什么关系吧？再说了，全队那么多实力强的队员，也不缺我这一个吧？邓欣这样说服自己。

坐车回到营地，听说何海峰拿了那么好的成绩，邓欣也由衷地替他高兴。可是当她看到何海峰受伤的脚，她心里还是很受触动的，“政委”这样拼命不是为了自己，他的成绩代表桂商战队的成绩呀！

偶遇骆驼，邓欣非常开心

想到这里，她的心里忽然有点愧疚，不是因为没有拿到好名次，而是因为自己那些消极的想法。

也就是在那一刻，邓欣明白了团队的荣誉和每个人息息相关，无论你能力强弱，贡献大小，必须要全力以赴，这才是真正的团队精神！

邓欣暗下决心：别人能做到的，我也要做到，明天，我会加油的！

13 胖子的逆袭！

照顾全队，是队长李永超的责任

如果说何海峰是桂商战队的领头羊，那么队长李永超就是大管家。

因为腿上有伤，李永超知道自己无法冲击名次，所以就主动承担起全队的正能量加油站的角色。

第一天的运动量已经让李永超的身体有了反应，小腿酸疼、脚底疼等都也越来越明显。

走出几公里后，队伍开始拉开距离，有些队员脚开始起泡了，伴随着每走一步的痛，他们心里开始有些想法了，因为救援车每隔几分钟就会从身边经过，只要挥挥手就可以上车了，不用再忍受这种疼。

李永超非常清楚大家现在的状态和心里的斗争，交代军师慕蓉陪在她们身边，自己放慢脚步等等后面的伙伴，碰到一个就会为他们加油呐喊，鼓舞士气，一路走一路也在鼓励着自己。

李永超发现有几名队员掉队了，心里特别着急，因为无法推测桂商战队能有几人在规定时间之内抵达终点。在对讲机里，李永超着急地大喊："谁在前面？现在有几个人到达终点了？"

对讲机里传来大家七嘴八舌的回答。

"'政委'已经到了！"

"我不知道我在第几名啊！"

"前面是谁？我不清楚呀！"

"我只知道，后面是谢谢和燕公子，其他的不知道！"

……

因为戈壁沙漠实在太大了，又没有信号，无法定位，队员和队员之间的距离根本无法确定，在视线所及的范围之内看不到队友，就无法判断每个人所在的位置。除了首先抵达终点的何海峰，可以说其他的11名队员，除了奋力向前冲之外，没有别的选择！因为可能你所处的位次比较靠前，如果不往前冲，就会错过取得名次的时机。

所以说，戈壁沙漠里徒步，你需要依靠队友，又不能完全依靠队友，只能竭尽全力，一往无前！冲冲冲！

既然无法确定队员的位次，考虑之后，李永超决定冲刺。他交代体力不支的邓欣放慢速度，等后面的队员赶上后再一起走。

明确了目标，李永超就努力地往前冲，超越了五个人，超越了十个人，一路走一路超！

在桂商战队，李永超的体重当仁不让地排在第一位，如果说要在12个人中挑出一个胖子的话，肯定是他无疑！就是这样一个胖子，在戈壁沙漠里，一路小跑，只留下了一路沙尘在身后。

走了8公里左右，李永超的右膝盖又开始疼了，他只能一次一次地解开护膝重新绑紧再坚持走一段，一是防止膝盖再次受伤，二是护膝的加压可以暂时缓解疼痛。他就这样走着，不敢耽误时间，怕刚刚超越的人又超越了自己。

汗水和沙土在李永超的脸上纵横交错，他胡乱抹一把，脚下的步子一刻都不敢停，因为走得太快，他感觉肺部都要爆炸了！

此时此刻的他，恨不能从身上割下100斤肉扔掉，恨不能长出一双翅膀，恨不能像哪吒一样脚踩风火轮"嗖"地一下就到了终点。

可是恨归恨，路还是要一步一步地走，不积跬步，何以致千里？

就这样，坚持走了8个小时左右，这个让人感动的胖子，在16点左右，终于到达了终点。

回到帐篷看到已经有8个队员到达了，李永超的心才放下。他连打开行李的欲望都没有了，就直接躺在垫子上，不知道躺了多久，双腿才恢复了知觉。

这时候队员们也陆陆续续地回来了，他们脸上的表情，已经没有了昨天的喜悦和光彩。

前面回来的队友帮后面抵达的队友铺垫子、开行李、拿东西，每个人都很愿意付出和帮忙，用实际行动表现团队的温暖，谁要喝水，谁要面膜，谁要吃东西，这个我来，那个我干。看着大家这么团结友爱，李永超心里由衷地高兴。

14 "同居"的日子，快乐总是那么多！

沙漠徒步第二晚，紫愈整个人有点憔悴，于是和几个队友到外面散散步。营地的后面有几座小沙丘，爬到丘顶，紫愈惊喜地发现了不一样的美，人生处处有美景，需要每个人自己去发现。

沙漠地区是非常干燥的，紫愈从南宁带来一箱燕窝面膜，当晚她把一箱面膜分给了其他战队的姐妹们，并给他的队长红红姐几盒，特意叮嘱她一定要给他。

桂商战队的营帐内，男男女女经过两天的徒步，感情又加深了一些，无论男女，此时都享受着这片刻的放松。“紫愈。”闭着眼的紫愈猛然听到这个声音，竟然有点不相信自己的耳朵，是他，他为什么会叫自己？

“紫愈，有人来看你了。”耳边潘灯的声音提醒她，原来是真的，不是自己幻听。

紫愈从睡垫上坐起来，脸上还蒙着一张面膜。

“紫愈，谢谢你的面膜。”

原来，分给他们战队的面膜，辗转到了他手中，他的队友起哄逼着他去向紫愈道谢。说完这句话，他转眼消失在了帐篷的门口。

桂商战队的帐篷里，响起一片不怀好意的起哄声。幸好脸上有面膜盖着，否则，这一帐篷的人都能看到紫愈脸上的红晕。虽然只有短短的一句话，紫愈内心还是有小小的喜悦。

曾宪国依旧躲在角落里，在手机上写着什么，帐篷里的热闹，似乎和他没什么关系。

这时候，不知道谁说了一句：“曾宪国，你整天这么不声不响，肯定没人看得上你！”

一听到这话，曾宪国一下子就跳了起来，声音都高了八度：“谁说的？我老婆身高一米七，长得可漂亮了，她很早就跟着我，已经给我生了两个小孩！”

听到曾宪国的话，帐篷里一片寂静，巨大的反差，让所有的人都震惊了！

过了好久，大家爆发出“哇哇”的惊呼声，纷纷要求曾宪国说一说他的情感经历——

1999年的时候，曾宪国去一家湘菜馆吃饭。曾夫人那时候只有16岁，在餐馆打工。吃饭的时候，曾宪国让她帮忙买烟，剩下的零钱就算跑腿费。曾夫人觉得这个人挺好的，和气又大方。

两个人是老乡，很快熟悉了起来。因为都姓曾，所以就会论论辈分，曾夫人长他一辈，经常会跟曾宪国开玩笑让他叫姑姑。

听到这里，何海峰忍不住插话说：“这是现代版的《神雕侠侣》啊！”

大家一听都笑了起来，有人催促曾宪国继续讲。

曾夫人非常信任曾宪国，生活上、工作上遇到困难，就会请教他。相处了一年多，两人互生情愫，只是谁都没有点破而已。

何“政委”不忘拿出玉柴的旗帜做广告

戈壁残阳

忽然有一天，曾夫人打电话给曾宪国说，哥哥被人骗去做传销，让自己过去。曾宪国好心好意劝她不要去，其实曾夫人是希望曾宪国帮自己把哥哥救出来，但是又没直说，听到曾宪国的回答，曾夫人误会了，生气地说：“我一个人走了，你不用找我！”

曾宪国马上打电话过去，曾夫人说：“你根本不关心我，只关心你自己！”

曾宪国这才明白，骑着摩托车就去追，然后陪她一起闯进传销窝点。

曾宪国自称是军人，是曾夫人的男朋友，然后很豪迈地说：“不管怎样，今天我一定要把人带走！”

当时曾宪国穿着一身迷彩服，长得黑黑壮壮的，传销头目也不敢轻举妄动，就让曾宪国把曾夫人的哥哥带走了。

通过这件事，曾夫人觉得曾宪国这个男人很果敢，有担当，当下就认定他做男朋友。当时哥哥还颇有微词，私下劝曾夫人说：“这个人怎么也有三十几岁吧，比你大太多了！”

曾夫人说：“他才比我大7岁，天天在工地上风吹日晒，看起来长得老而已！”

两个人谈恋爱的时候，正是曾宪国奔事业的关键时刻，工地在哪里，他就要到哪里。两人聚少离多，曾夫人颇有怨言，后来曾宪国就让曾夫人辞了职，跟着自己一起。

每到一个新地方，人生地不熟，也没有朋友，曾宪国又一心扑在工作上，没有太多时间陪曾夫人。曾夫人年纪小，过不了这种漂泊不定的生活，一次两个人吵架，曾夫人一气之下说分手，收拾好行李就走了。

情急之下，曾宪国想了个歪招，让同事追上曾夫人，说曾宪国出来找

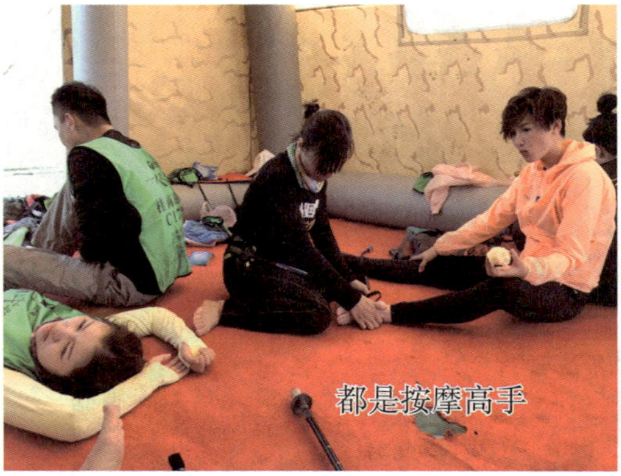
都是按摩高手

爽得哇哇叫

她，被车撞了。曾夫人一听，把箱子都扔了，拼命往回跑。

当时曾宪国躺在地上看着天，暗下决心，如果她回来，为他哭了，以后不管怎样，都要把她追回来！

曾夫人看到曾宪国躺在地上，“哇”的一声就哭着扑了过去。

曾宪国抱住曾夫人，举手发誓：“只要你不跟我分手，我发誓，这辈子只爱你一个人，将来一定给你买好车，让你住别墅！”

从那之后，两个人再也没有闹过别扭，一直到今天，都是和和美美，甜甜蜜蜜。

慕蓉问：“你说过的，都做到了吗？”

曾宪国骄傲地说：“都做到了！”

听完故事，大家都啧啧羡慕，两个人是彼此的初恋，也是相濡以沫的夫妻，这种深情温暖了在场的每一个人……

在大家的欢声笑语中，队长李永超却是心事重重，这些队员，病的病，伤的伤，明天要走沙漠，他们能坚持下来吗？刚才和何海峰在组委会开会的时候，得知今天陆陆续续又有200多人退赛，现在只剩下不到500人，桂商战队的队员们有信心走完全程吗？

当听到队长问大家还能不能坚持的时候，帐篷里的气氛一下子凝固了，李永超明显感觉到大家的信心不足了。

李永超开解大家说：“能坚持多久就多久，但不要轻言放弃！既然来了，我们就要对得起自己，对得起帮我们众筹的每一个朋友！也许这一生只有这一次机会，以后也不会再来，但一定不要留下什么遗憾。”

同时李永超也告诉大家，身体是自己的，没有人会为你负责，千万别硬来，在座的每一位都上有老下有小，不能出任何意外！真的坚持不了就马上叫救援车，走还是不走，决定权掌握在每个人手里。

帐篷里出奇地安静，走到今天，每个人都意识到，挑战自我，挑战极限，已经不单纯是句振奋人心的口号，而是置之死地而后生的决绝和残酷。虽然说危险无处不在，但是在戈壁沙漠里，危险会放大好几倍，说不定在哪个环节就会受到致命一击，坚持还是放弃，就变得尤其慎重！

桂商战队的队员们，实在太累了，每个人躺在睡袋里，思考这么沉重的话题，不知不觉便都睡着了……

有一个人没有睡着，他就是曾宪国。明天几乎全程都是沙漠，自己穿的是休闲鞋，也没有带防沙套，而其他队员也没有多余的借给他用，怎么办？难道第三天就要因为自己的疏忽大意半途而废吗？可是，这荒郊野外的，到哪里去找防沙套呢？哪怕是一条绳子一块布也行啊？

曾宪国想破脑袋，也没有想到解决的办法，算了，还是先睡觉吧！车到山前必有路，船到桥头自然直！

第六章

第三天，32公里

1 更大的考验，在等着他们！

第三天早上6点钟，大喇叭照旧响了，队员们都是在睡梦中被吵醒了，强打起精神，挣扎着起床，收拾好东西。

何海峰忽然想起来，曾宪国没有防沙套，进了沙漠，他可是寸步难行！

何海峰四处寻找，终于在后勤车附近找到了曾宪国。他着急地问："一会儿就要进沙漠了，你没防沙套怎么办？"

没想到曾宪国嘿嘿一笑，举起右脚给何海峰看，得意地说："我找到这个，不比防沙套差！"

何海峰一看，曾宪国双腿各套着一个像防沙套一样的东西，不仔细看，还真看不出来！

何海峰好奇地问："这是什么？"

曾宪国说："是防潮垫的保护套！"

原来如此！这次徒步的防潮垫由组委会提供，很多队员在收防潮垫的时候，为了图省事，就懒得套上防护套，直接卷起来就放到后勤车上，所以，会有很多防护套遗落在营地。

曾宪国把它套在脚上，拉绳正好能在膝盖处收紧，简直就像量身定做的一样！

何海峰冲着曾宪国竖起了大拇指说："你真牛！"

曾宪国说，穷人家的孩子，都懂得废物利用！

何海峰哈哈大笑，这哪是废物利用，是化腐朽为神奇！

两个人说说笑笑地就向就餐点走去。

照旧半个小时吃早餐、领补给，列队准备出发前，队长李永超去领对讲机，把对讲机分给带队的队员时，发现一个重大的问题，六台对讲机居然三台没有电！

这下可麻烦了！今天的赛程最艰难，沿途需要随时通报各队的情况，以便及时给予帮助和调整。其他战队也出现了同样的问题。李永超就把有电的对讲机给队员们，让他们先走，他再想想办法，但是组委会的工作人员大部分已经乘车离开，剩下的人都没有多余的对讲机和电池。为了不耽误行程，李永超背着三台没电的对讲机启程了。

第三天，整个行程除了15公里左右的峡谷和盐碱地，剩下的都是沙漠，中途还会经过一片胡杨林。这片沙漠非但人迹罕至，而且近乎寸草不生，就连前两天随处可见的骆驼刺都难以见到。这将是这次徒步赛中条件最艰苦、行走最困难的路程。

这一天，何海峰的前脚掌，几乎无法着地，每走一步，都像是踩在千万根钢针上，他只能用脚后跟着地，拄着手杖，慢慢地往前挪动。用脚后跟走路重心不稳，会影响速度，时间长了，小腿就会抽筋，脚后跟也会疼痛难忍。

何海峰知道，今天他已经没有能力去冲击名次，只能依靠队友了，于是他一边走，一边在对讲机里给大家加油鼓劲。

就算受的伤严重到这个程度，何海峰都没有想过要放弃，因为他知道，放弃的遗憾，是很长时间都无法修复的，甚至会影响你一生。再说了，自己人生中，已经放弃过初恋，这次徒步，如果再放弃了，他自己都不能原谅自己。

从2004年放弃初恋爱人的那一刻起，何海峰就发誓，这辈子不会允许自己再放弃第二次

没有人知道，何海峰的心里蕴藏着多么巨大的能量，才让他这样坚持不懈地一路走下去！

重新分组后，大洋分在第三梯队。经历了漫长的煎熬，中午11:30，在出发三小时后，大洋、谢谢、燕公子三人才到第一补给站。

谢谢的腿已经无法用力，一瘸一拐地坚持了一上午，他说一定要走完全程。大洋虽然很佩服他的坚韧，心中却涌上不知名的担忧。

因为一路走来，他看到拉着队员的救援车，都往回开，沿途已经有三三两两的队员，或席地而坐，或躺在那里，一副懈怠的状态。询问之后，才知道这些队员都退赛了，正等着救援车把他们送回敦煌，其中还有一个人嚷嚷着："大家都回去吧，往前走是死路一条！"

谢谢问大洋，这到底是怎么回事？

大洋说："不知道，我们再往前走，沙漠边上还有一个补给站，我们去看看到底什么情况 "

第三天：更大的考验，在等着他们

大洋看了下表，11:40，如果每小时走5公里，还有机会在晚上6点前走出沙漠到达营地，他决定试一试。

谢谢跟大洋说："你走吧，我在后面陪燕公子，放心吧，别等我们了！"

大洋看着谢谢的眼睛，疲倦疼痛写在了谢谢的眼中，这不再是大洋印象中那个嘻嘻哈哈的谢谢了，他已经尽力了！大洋心中的声音告诉自己。

他们需要我，我是不是应该留下来陪着他们？大洋的犹豫又冒了出来。

可另一个声音闯进了大洋的脑海，别犹豫，快走！没有时间了，你不能带着没有走完全程的遗憾回去！

大洋咬咬牙对谢谢和燕公子说了一句："你们照顾好自己！"

说完，大洋就转过身向着沙漠方向迈出了第一步。

大洋的眼睛有些难受，不是因为沙子，也不是因为汗水，而是因为没有留下来陪伴队友，天性善良的他忍不住自责起来。但是大洋知道，他这种人，必须要"顺天性做人，逆天性做事"，否则就会被性格上的弱点掣肘，失去大好时机。

直到今天回想起这一刻，大洋都仿佛回到了现场，他知道自己必须前进，但心里还是为抛下谢谢和燕公子而愧疚。

于是，大洋加快脚步，疲倦的身体再次激发出能量，脚底的水泡一阵阵刺激着神经。没时间了，现在冲刺最重要，拿到名次，谢谢和燕公子也会理解自己。

速度越来越快，大洋不断超过一个个其他战队的队员，看不见他们的脸，看不清他们的样子，大洋的脑袋里只有时间和穿着绿色队衣的桂商战队的同伴们，他们现在在哪里？

一个小时后，在路边的灌木林，终于看到了正在休息的队长和孔艳，大洋发现自己根本停不下来了，一点休息念头都没有，说了一句"我在前面等你们"，就继续暴走。

走进沙漠的补给站，大洋感觉好热好累，呼吸早已没有清晨的畅快，头闷闷的。已经喝了两支藿香水，应该不会中暑吧，大洋担心地想。

大洋知道自己需要休息，很想睡一下，哪怕5分钟！在救援车的轮胎下找到的一处荫凉地方，大洋躺下，心里对自己说，就躺一下，然后起来继续走！

但是躺下的感觉真的很舒服，大洋不知不觉竟然睡着了。

不行，起来！心底响起一个声音，把大洋惊醒，看了下手表，才睡了10分钟，但是大洋感觉睡了很久很久。

如果休息太久，就不想走了！昨天在路上无意中听到的这句话提醒了大洋，他赶紧爬起来，只用了3分钟简单补充饮水后，就又出发了。

他反复提醒自己时间不多了，不能停！18:00前必须赶到终点！

走着走着，大洋看到一个熟悉的身影，是孔艳！大洋兴奋地跟孔艳打招呼："你赶上来了，一路走来你是我看到的唯一的队友！其他人呢？第一梯队的'政委'、慕蓉他们到哪里了？"

孔艳告诉大洋，他们都在后面还没跟上来。

一路不停地走，大洋竟然走到了队伍的最前面，不可能啊！ 2个小时居然走了这么远，大洋忍不住在心里狠狠地夸奖了一下自己。

状态最好的孔艳，这一天，脚上也起了水泡，每走一步，都会疼得她倒吸一口凉气。

因为走得太快，她感觉到头晕心慌，幸好已经走到了沙漠边缘的补给站，巧的是，在那里遇到了凭祥大哥。看到孔艳状态不佳，凭祥大哥搀扶她坐下来，给她拿来了能量水，这让孔艳觉得心里暖洋洋的。

大洋仰望沙漠的天空，疲倦的身体再次激发出能量

2 就当他是个老朋友吧，也让我心疼，让我牵挂

第三天，听说路况非常艰苦，带着复杂的心理，紫愈走在了队伍的最后，因为出发的时候，他还在后面。

大概走了5公里的路程，紫愈开始怀疑他是不是已经走在前面了，一路上看到救援人员就问后面还有没有人。

因为潘灯还有谢谢前一天把脚扭伤了，紫愈就留下来照顾他俩，再加上燕公子，四个人在大峡谷慢慢前行。大峡谷有很多落差很大的石坑，稍微不注意就容易扭伤，一路上他们互相搀扶，互相提醒。小心再小心，紫愈还是不小心扭伤了脚。

抵达第一个补给站时，钻心的疼痛让紫愈不得不停下了，找医生查看、上药，没想到医生看到她起泡的双脚已经发炎化脓，便严厉地警告她，不能再继续往前走了，如果引起败血症，那麻烦就大了！

败血症是指致病菌或条件致病菌侵入血循环，并在血中生长繁殖，产生毒素而发生的急性全身性感染，皮肤、黏膜发生破损和伤口感染都有可能引起败血症。紫愈知道败血症的危害和后果的严重性，不得不遗憾地提前结束当天的比赛。

第三天，很多人体力不支中暑，车辆、人手也不够用。于是救援车把中暑队员和退赛队员都送到一个加油站，让他们休息等待，又马不停蹄地到沙漠里面实施救援工作了。

听到前方的状况这么危急，紫愈的心不禁紧绷起来，她用对讲机一直呼叫桂商战队的队友，没有应答，一直都没有应答。

他们的情况到底怎样？紫愈一无所知，那一刻除了担心，只能是担心。

在加油站等待的两个多小时，陆续有伤员送过来，他居然也来了。

紫愈假装没看见他，低头看手机。他走过来，问紫愈要喝什么。

紫愈一脸懵，傻傻地回了一句：“加油站的便利店里货架空空，什么都没有！”

他就直接走出了加油站，紫愈不知道他去哪儿了。好吧，他总是这么酷。

不知过了多久，他突然出现在紫愈面前，也不说话，直接递了一瓶水给她，紫愈还是一脸懵地随手接了，瓶盖居然是拧开的！

紫愈心中有小窃喜．他真细心！把水递给紫愈后，他酷酷地走到了另一边坐下，她心中有莫名的感动。

天气酷热，等了2个多小时终于等到一辆小巴车，上车后，他坐在后面，两个人没有再交流。

距离营地七八公里的地方，小巴停下了，小巴进不了沙漠，紫愈他们只能下车等待越野车救援。

不知道什么时候，他走到紫愈身边问她，还能走吗？

紫愈说走不了了，脚太痛。

他没有再说什么。

来了一辆越野车，只能上4个人，他让紫愈和另外几个女生先上，最终他也没上车。

车渐行渐远，紫愈透过车窗玻璃看着他越来越小的身影，她忽然想起了张艾嘉的《爱的代价》里的那句歌词："就当他是个老朋友吧，也让人心疼，让人牵挂。"

紫愈知道，从今以后，她和他，要么互不联系，相忘于人世间，要么就成为偶尔联系的老朋友。无论哪一种，都是上天的安排，她现在要做的，就是坦然接受现实。紫愈知道，自己的情绪或许还会波动，但是理智已经占了上风，她一定能控制好。

3 放弃比选择更难，爱笑的潘灯哭了！

潘灯的回忆——曾经那么"心酸"

潘灯的情况比紫愈好不到哪里去。第二天时，强力冲刺造成了大腿内侧肌肉拉伤。今天出发没多久，这种伤痛就不断折磨着她的神经，使她步步维艰，短短的六七公里，她竟然走了4个小时！

潘灯，如果实在走不了，就上救援车吧！慕蓉看着潘灯痛苦的神情，劝慰她。

叫救援车意味着放弃，对于潘灯来说，放弃就是逃兵，坚持了那么久，已经走了将近70公里，怎么能在这个时候放弃呢！潘灯知道自己不会放弃，此时此刻不会放弃，一生都不会放弃！

潘灯执拗地坚持着，但是不争气的双腿挪动一下都很费力，更不用说跟上大部队的节奏了。

慕蓉不放心潘灯，不时地停下来，询问她的情况。以慕蓉的经验来看，潘灯是无论如何都无法走完当天的路程的，与其这样苦苦挣扎，不如早点上救援车。她一次又一次地劝潘灯放弃，被潘灯一次又一次怼了回去："我自己都没放弃，你为什么总让我放弃呢！"

眼看着其他战队的队员，不断超过他们，慕蓉心急如焚，如果不加快速度，今天晚上6点之前，肯定赶不到终点！

第三天的梯队安排，慕蓉把最弱的排在了前面，让最强的走在中间，她不想桂商战队里的任何一个人掉队，但是潘灯的速度已经严重影响了全队的节奏，再这样下去，桂商战队的整体速度都会降下来！

当第五次劝潘灯放弃的时候，慕蓉生气了，她大声地说："潘灯，现在

潘灯到加油站看到的头发，
可以让自己笑一辈子

不能意气用事！该拼的时候可以拼，不该拼的时候，就要停下来休息！这种超负荷的徒步比赛，实力相当才好玩，实力悬殊太大，实力弱的会拖累实力强的，如果你不想让桂商战队全军覆没，现在就上救援车！”

也许是慕蓉的话太“扎心”了，也许是想到放弃潘灯就难以接受，所以她忍不住放声大哭起来。前两天再苦再累，她都没有流一滴眼泪，但今天，她的眼泪止都止不住！她不想被队友放弃，更不想自己放弃自己！

紫愈、谢谢和燕公子也劝她量力而行，毕竟身体是自己的，真要出了意外，后悔都来不及！

为了不拖累大家，潘灯决定放弃，后来，她跟紫愈一起，被送到了加油站，等待救援车拉她们回营地。

哭过之后，负面的情绪全都宣泄出来，在加油站的那段时间，潘灯完全放空了自己，她仔细回忆过往这三十几年的人生，这么艰难的放弃，还是第一次！

她有些想念千里之外的母亲了。

曾经，在那个重男轻女思想特别严重的温州老家，家中有三个女儿的家庭，经常被乡邻轻视。因为最小的妹妹是超生的，为了躲避计划生育工作人员的追查，父母跑到上海避风头。外公是村里的支书，所以就趁着母亲不在家把妹妹送给了别人。母亲闻讯赶回来，给外公跪下，不知道磕了多少个头，眼泪都哭干了，外公也没透露小妹妹到底被送到哪里去了。

从那以后，母亲就把所有的精力都投入到培养潘灯和二女儿中去，再苦再累也坚持供她们读书。

身为三个女儿中的老大，潘灯对母亲的记忆总是充满着辛酸和伤感。

小时候，父亲年轻好玩，经常出去打牌，彻夜不归。母亲就背着一个，牵着一个，挨个村子去找父亲。

没有读过书的母亲靠种菜养活着全家老少。种菜最怕发洪水，潘灯记得有一年发洪水，母亲站在齐腰的洪水里，抢摘青菜，由于个头瘦小，一个浪头打来，母亲就被卷到水渠中了。父亲背着妹妹，拉着潘灯，还要去拉掉到水里的母亲，潘灯和妹妹吓得哇哇大哭，那场面真是心酸又狼狈！

母亲在父亲的帮助下爬上岸来，她先是安慰着哭泣的两姐妹，然后又忍不住偷偷地抹了一把眼泪，这次洪水，把母亲几个月的辛劳全都冲得无影无踪！

性格坚韧的母亲在洪水褪去之后，又在菜地里种上了蔬菜。

温州的冬天很冷，有时候还会下雪。为了让拉到市场上去卖的菜品相看起来更好，多卖点钱，母亲都会把菜洗得干干净净。冬天的溪水冰冷刺骨，母亲的双手冻得又红又肿，常年浸泡在冰水里，致使关节都变形了。

夏天的时候，在菜地里辛勤劳作的母亲的腿上叮满了蚂蟥，那种恐怖的画面，直到今天，潘灯想起来都觉得后背发凉。

那时候，白天母亲在市场上卖菜，父亲在家种菜，母亲卖完之后，就回家帮父亲，而父亲晚上12点的时候，就会拉一车菜送到批发市场去。两个人一天到晚一刻都不得清闲。

潘灯记得，从他们家到菜市场和批发市场，骑三轮车要一个多小时，还要经过一个陡坡。那时候，刚刚上小学的潘灯有个重要的任务，就是晚上和父亲一起出门，帮父亲把车推上坡，然后再回家睡觉。

白天潘灯上学，母亲去卖菜，推车的任务就落在了父亲的头上。不上学的时候，懂事的潘灯总是早早地跑到上坡处等着，帮母亲推车。

那时候的潘灯，不忍心看到母亲这么劳累，除了帮她做些力所能及的事情之外，在心里暗暗发誓：将来，我一定要赚大钱，让母亲过上好日子！

母亲是个极节俭的人，她知道，种一辈子菜，也改变不了潘灯两姐妹的命运，要想过上好日子，必须跟其他的温州人一样做生意。做生意需要本钱，母亲就一分一分地积攒。

那些年，在潘灯的印象里，母亲每次卖菜回来，都会从菜市场带回一些烂水果给两姐妹吃。不是母亲买不起新鲜的水果，而是在母亲的心中，有个更大更重要的目标。

后来，为了让家里的生活好过些，潘灯父母经常会换地方种菜、打工，而这也使幼小的潘灯不断地更换学校，不断去适应新的环境，成绩也一直不是太好。

潘灯的童年也有些有趣的故事。有一年，小舅舅结婚，在县城寄宿读书的她，坚定地跟家里人说："我一定要回去参加！"于是，一程水路，一程山路，8岁的小女孩独自一人辗转几十公里回到了村里，参加了舅舅的婚礼。

小小少女的勇气，让父母引以为傲。

而童年最难忘的事，就是在村里的电话亭边等电话。因为父母在外地做生意，小潘灯就住在了四姨家，姨夫也在外地，跟四姨约好了打电话的时间。每当电话铃声响起，还未等四姨把听筒拿起来，这边就响起她呼喊姨夫的声音。

有一次，潘灯路过电话亭，铃声突然响起，不巧的是，电话亭锁上了，于是小潘灯就趴在电话亭的玻璃上，不停地喊着：“喂喂喂，你好，是姨夫吗？”旁边的人都被她逗得哈哈大笑。

童年的种种经历，磨砺出她忍耐、乐观、豁达的性格，也使她很早就懂得，只有积极争取，才能拥有自己想要的生活。

直到1995年，潘灯的舅舅觉得潘灯父母实在太辛苦，就说要带着他们一起做生意。令人吃惊的是，母亲竟然一下子拿出了18万元！说出来谁都不信，种菜卖菜，能攒下18万元？而且还是1995年！

潘灯不知道母亲是靠着怎样的坚持和毅力，才攒够了这笔做生意的本钱！

同年，潘灯父母来到广西平南，在舅舅的资助下，开起了第一家灯饰店，而潘灯姐妹俩，也跟随着父母到平南读书。这一待就是22年，慢慢地把异乡变成了第二故乡。

那年潘灯13岁，因为经常转学，功课跟不上，再加上广西这边的方言，潘灯听不懂，久而久之，她的成绩一落千丈，对上学也提不起兴趣来，反倒是对做生意的兴趣越来越浓。

17岁，潘灯高中毕业后，就在南宁开起了自己的第一家灯饰门店“报喜鸟”。由于天性开朗、直爽，做事总是由此及彼，懂得从别人的角度出发，那时候，“共赢”这一概念还鲜被提及，但已成为潘灯的经商之道。很快，潘灯的事业打开了局面，生意慢慢做大，很短的时间，开出了第二家“美豪灯饰”。同年，她正式创立“潘灯”这个品牌，经营范围涵盖照明设计、灯饰选型、照明工程等多项领域。潘灯开始放手驰骋，全力打造自己的灯饰王国，创造梦想中的广西百年灯饰品牌。

这一路走来，曾因初涉生意，不懂规则，货都被人搬走。

也曾在年关前还忙着采购，只为不影响年初一开门营业……

18年了，有太多辛苦已不足为外人道。

如今的潘灯已经成长为参天大树，能为家人遮风避雨。因为父母的前半生太辛苦了，潘灯就让他们把平南的店关掉，在家里享享清福。

母亲身上，体现着温州女人的很多特质，坚韧、吃苦耐劳。她全心全意地支持着父亲创业，操持着家中的一切。家中无事时，母亲安静地陪伴在家人身边，而家中一旦有事，母亲就是家里人的主心骨，让人安心。现在，经过多年的努力，潘灯已经能让家人过上安定富足的生活，再回家乡，父母听到的早已都是羡慕他们好福气的赞扬声了。

没想到的是，母亲一生劳碌，在本该停下来享受人生的晚年，依然不能清闲。父亲有很严重的高血压，又很固执，母亲把药和水端到他嘴边，他都不肯吃，也或许不服老的父亲觉得自己身体还健壮，根本不需要吃药吧！

两年前的一天，父亲脑干出血晕倒，在ICU（重症监护治疗病房）住了二十几天，捡回了一条命，但是却落下了手脚颤抖、行动不便的后遗症，吃喝拉撒都要靠人帮忙。虽然潘灯帮父亲请了护工，但是脾气暴躁的父亲经常和护工闹得不可开交，受了一肚子气的护工辞职不干了，最后照顾父亲的工作还是落到了母亲身上。

父亲不愿意在家里待着，每天都吵着要下楼，瘦弱的母亲只能把父亲搀扶到轮椅上，推着他满世界转悠。

更让潘灯觉得有心无力的是，父亲晚上每隔几个小时就需要母亲扶他起来上洗手间，年迈的母亲，每天晚上都睡不了三四个小时。看到日渐憔悴的母亲，潘灯有时候真想放下一切，全心全意地照顾父亲，让母亲不那么辛苦。每当这个时候，母亲总是和颜悦色地劝潘灯："他是你爸爸，我不伺候他，谁还能伺候他？再说你还年轻，要以事业和家庭为重，家里有我呢，不用担心！"

这种时候，潘灯总是为无法让母亲过上轻松的好日子而自责，于是她便想从别的方面来补偿母亲。

经过多方寻找，潘灯终于找到了当年被送人的小妹妹，也算是了了母亲一桩心事。

养父母一家人，对小妹妹特别好，亲生儿子读到初中就不读了，他们一直供小妹妹读到了博士后。

当年抱养小妹妹的时候，养父母家经济条件很好，后来养父生病，在床上躺了10年，家里的日子逐渐困难起来。就算是这样，他们也没有让小妹妹辍学。潘灯很感激这一对善良的养父母，她现在的经济条件好，在金钱和其他方面都会给予帮助和支持，她希望给妹妹提供一个良好的学习和生活环境。

前些年，妹妹也到南宁来看过父母，一家人终于团聚在一起。母亲也流着泪说，能再见到小妹妹，今生今世也没有什么遗憾了！

潘灯说，小妹妹很争气，在上海师范大学读完硕士研究生和博士研究生，申请上了哈佛大学的博士后，现在正在美国深造。

潘灯很喜欢这个小妹妹，经常会在微信上关心她，鼓励她。前段时间，小妹妹喜欢上一个男孩子，不知道该怎么办，就给潘灯打电话。潘灯说：“喜欢就去追啊！我支持你！”

想起了这些，潘灯的脸上忍不住泛起了笑意。即便是生活有太多艰辛，至少还有满满的亲情环绕在身边，即便是目前生意上遇到了一些波折，至少办法总比困难多，只要你不放弃，就一定能解决！

世界上所有的失去，都会以另外一种方式归来。

今天所放弃的比赛，在未来的日子里，会以另外一种方式继续完成，人生还长，我们何必要争这一朝一夕呢！

当下最重要的，是用最美的笑容，和最良好的心态，去拥抱每一天的生活！

潘灯抬起头，阳光洒在了她的脸上，温暖而又灿烂。

4　选择与谁同行，比要去的远方更重要！

邓欣在沙漠中艰难前行

第三天对邓欣来说，是经历了置之死地而后生的一天。

32公里的路程，对邓欣来说，比登天还难。

一开始，邓欣和孔艳一起走，其实这时候邓欣的心里在想，前两天能走下来，已经是奇迹了，今天也只能尽力而为了。

刚走出没多久，队长就追了上来，邓欣跟队长抱怨说：“如果我中途放弃了，你别怪我！”

队长说：“既然来了就不要给自己留下遗憾！我记得马云曾经说过一段话，‘永远不要跟别人比幸运，我从来没想过我比别人幸运，我也许比他们更有毅力，在最困难的时候，他们熬不住了，我可以多熬一秒钟、两秒钟。’”

邓欣没说话，心里想，队长真是入错行了，他应该去做励志大师，而不是房产经纪。

李永超接着说，能不能成功，差别就在这一两秒钟！

邓欣嘴上虽然没说什么，心里不服气地反驳，马云又没参加过戈壁徒步赛！

李永超不放心走在后面的队员，于是让邓欣和孔艳先走一步，他等等他们。

第三天的温度超过了50℃，因为和孔艳、慕蓉一起走，邓欣的情绪，也被他俩感染着。孔艳身体素质好，也很会激励人，慕蓉有户外运动经验，可以给她专业的指导。

这一天，是邓欣特别能感受到团队力量的一天。这一天邓欣受到太多人的鼓励，情绪高涨。实在走不动的时候，她也会大声地喊："加油！加油！"此时全身就会充满力量，这股力量又可以让她走上两公里。

这也是特别有感触的一天。当邓欣每一次大喊时，旁边都有会有人给她竖起大拇指，队友们互相做拉伸，不知不觉就走进了沙漠地带，也没觉得有多累。

邓欣记得有一个浙江的朋友牵着她足足走了两公里，到现在都不知道是哪个战队的，也不知道他叫什么，邓欣真的非常感谢他，真的是人间有真情，人间也有真爱！

人生之中，选择与谁同行很重要，这一点，邓欣此时此刻深有体会。前两天，就是因为受到不好的影响，才在最后关头选择了放弃。

很多时候，不合群、安于现状，不是因为懒，也不是没有激情和努力的欲望，而是因为找不到行动的理由。每个人如果都能把"选择与谁同行"作为迷茫时的决策动机，往往就会有很多意想不到的收获。

选择与懒惰放纵、得过且过的人为伍，久而久之，你就会和他们同流合污，不思进取；选择与勤奋自律、奋斗不止的人为伴，你会被他们感染，被他们影响，进而迸发出惊人的潜能。

所谓"近朱者赤，近墨者黑"，和什么样的人在一起，就会有什么样的人生。与在不同领域的顶尖人士相处时，会从他们身上学到很多，也能提升自我的素质。

有人说，朋友即高度，即眼界。这句话一点都不假，有一个说法，一个人能拿到的最高的薪水，是他周围三个薪水最高的人的平均值。如果你身边都是年入百万的朋友，那早晚有一天，你也会位列他们之中。

邓欣庆幸，第三天，她能和孔艳、慕蓉和队长在一起，如果像第二天那样一个人独自行走，她肯定早就放弃了。

5 生死攸关的选择，继续还是放弃？

天气炎热，几乎所有的队员都是喝半瓶水，往领子里倒半瓶，水的消耗量成倍增加，送补给的车子负重过多陷进沙里，同样距离的一段路程，需要花费比平时多两三倍的时间走完，这种种原因造成补给点的水非常紧张，到了下午，在沙漠边缘的补给站里已经没有水了。

一望无际的沙漠里，沙子松软，每走一步，都要耗费在平地上花的三倍的力气。由于连日的劳累，再加上第三天的天气比前两天更加炎热，路上不断地有人中暑倒下，旁边的人吓得大呼小叫，又哭又闹。

如果说第一天的心情是新鲜好奇，第二天是害怕畏缩，那么第三天就是绝望恐惧。现实环境艰苦恶劣是一方面，更主要的是人的意志力彻底丧失后，恐惧会被无限放大，情绪处于崩溃边缘，中暑晕倒或者是一点点不安全的征兆，都会引起超常的反应。再者，情绪会传染，尤其是在封闭、恶劣的环境里，再加上身体的不适，很容易泛化成“群体性癔症”——最初有一人出现不适，周围目睹者由于对这类疾病的性质不了解，就产生紧张恐惧情绪，在相互暗示和自我暗示的影响下，相继发生类似症状。

想要不受影响，除了依靠强大的意志力外，还需要有理性的思辨能力和对自我清醒的认识，否则的话，就会被裹挟进“群体性癔症”的黑洞，难以自拔。

第三天，是拉姆记忆中最恐怖的一天。

拉姆一个人落在队伍的最后，慢慢地走着。她决定采取第二天的策略，缓慢匀速地行进，既然不能冲击名次，那就尽最大努力走完全程，不要

给桂商战队拖后腿。

走在路上的时候，有个广西老乡，还拖着拉姆走了两三公里，他告诉拉姆，自己阴差阳错地进了一家海南的战队。当时拉姆不知道，这个人就是陆凌飞，后来还在自己的穿针引线下，加入了桂商战队。

拉姆到补给站的时候是中午，从这个补给站继续向前走五六公里，在沙漠边缘还有一个补给站。

这个补给站处于戈壁滩和沙漠融合的地段，虽然表面上看起来像是戈壁滩，但是土质松软，踩上去脚就会陷下四五厘米深，走起路来格外费劲。

太阳晒得人都睁不开眼睛，因为补给车迟迟未到，补给站已经没有水了。

就在那里，拉姆看见其他队的队员和组委会发生了冲突。

情绪失控的队员，冲上去把组委会的桌子掀翻了，大声叫嚷："是多少公里就是多少公里，干嘛要忽悠我们？我们有计步器，你们骗不了我们！"

有些队员冲着锣鼓手声嘶力竭地喊着："敲什么呀！你们以为我是特

种兵啊？这是徒步吗？这是玩命！”

“这么热的天，连水都没有，你们想害死我们啊！”

组委会一再解释，沙漠中的行进路线不可能是直线，当初路线测试的时候，选择的是平均距离。但是群体情绪一旦被点燃，就很难平息下去。

就像我们平时在新闻上看到的机场里乘客因为航班延误而大闹机场的事件，大多都并非是事态严重所引起，而是由于几个情绪激动的人，无意识带动了全体乘客的情绪——这是一种社会心理现象。

更何况每个人对疼痛和压力的承受力不同，对危险和困难的理解不同，因而就会造成同样境况下，有些人觉得是挑战，咬咬牙就扛过去了，有些人觉得再前进一步就是灭亡，产生巨大的恐惧，进而想要逃到他们认为的安全地带。

由于前两天很多人体力透支严重，精神疲惫，再加上受伤的伤口，有的已经发炎化脓，第三天又是最热的一天，虽然是5月，感觉就像在七八月一样炎热，在身体和天气双重折磨之下，中暑的人比前两天多了许多，再加上不良情绪的影响，很多人选择了退赛，要求组委会派车送他们回敦煌。他们不依不饶，情绪极不稳定，甚至连“我不想死在这里”这样的话都说了出来。

拉姆看到眼前的场景，感觉到前所未有的恐惧，不得不说，在这种状况下，一点都不受影响，那是不可能的。

组委会的车辆有限，沙漠里车速最快只能达到60千米/时，而去敦煌的路程接近100千米，一个往返就需要4个小时左右的时间。为了安抚那些情绪激动的队员，组委会最终决定送他们回敦煌，因为临时抽调出部分车辆，致使第三天下午车辆、人手非常紧张。十几公里的沙漠中，没有补给站，进去的几辆救援车，陷在松软的沙子里，行进缓慢，还有的已经陷进沙子，等待组委会派人进去救援。如果队员中暑了，救护人员只能实施简单的救助，如果要从沙漠中出去，只能靠人力抬出沙漠。

当时的现场像极了战争场面，有些想挑战自己的队员，不顾劝阻直接冲进了沙漠。

有些队员七手八脚地抬着中暑的队员，从沙漠里跑了出来。

救护人员一拥而上，周围的队员们满脸惶恐不安。

对讲机里，不时传来骂娘的声音、哭喊声以及求救声。

拉姆后来才知道，有些女队员经验不足，又不肯背太重的背包，于是带了一两瓶水，就进了沙漠，水很快喝完了，只能向同队的男队员求助，但每个人带的水都不会有多余，而且在那样艰苦的环境之下，想要冲刺成绩、挑战自己的男队员，有的会选择伸出援助之手，有的就会选择为自己负责，而拒绝援助。

众所周知，珠峰的山坡上，有很多形态各异的干尸，有些都已经成为著名的路标，“Green Boots”最著名。这具遗体很可能是Tsewang Paljor——第一支通过珠峰北侧路线成功登顶的印度登山者队伍中的一员。在1996年的珠峰登山季，包括Tsewang在内的很多登山者都因暴风雪丧生。

不能把这些尸体移走的原因是太危险，难度太高。攀登珠峰，是世界上难度最大的挑战之一。如果将死者或者迷途者抬下山，要花费很多时间，可能导致整个队伍在山上过夜时遭遇雪崩、暴风雪等恶劣天气而全部罹难，因而绝大多数人选择放弃。

《拯救大兵瑞恩》中的特殊案例，在战场上根本不适用。紧急救护时，相对理性的做法是在恶劣的条件、别无选择的情况下，一定要先抢救生存机会大的那个人。现实就是这样残酷，强者的游戏里，没有同情和善良，只有规则，规则，规则！

被组委会拦截下来的队员们

被拒绝的女队员感到委屈，情绪瞬间失控，声嘶力竭地又哭又闹，体力不支的情况下，很容易就晕倒了。

戈壁徒步不是逛街，不是旅游，是一次对精神和意志力的严峻考验，每个人在决定要参加之前，都必须做好充分的自我评估和思想准备。如果不能正视这些，抱着“我是女人，我是弱者，你要照顾我”这样的想法，还是不要去参加类似的活动，因为你无法对自己的行为负责，还会拖累别人。

看到眼前的场景，拉姆等几个人，开始为自己的队友担心了，他们在哪里？是不是已经走进了沙漠？他们会不会遇到什么危险？

拉姆害怕了，想到两个未成年的孩子需要人照顾，自己和老公的父母还要赡养，如果自己倒下了，他们怎么办？再加上体力也几乎已经耗尽，当时又是下午最热的时候，于是拉姆没敢继续前进，就到旁边休息了。

就在这个时候，组委会经过紧急协商，决定封锁进沙漠的路口，不允许任何人再进入。那时已过了14:00。

桂商战队的7名队员，已经进入沙漠，对讲机没有信号，和外界根本联系不上，剩下的，只有依靠他们自己了！

此时的拉姆决定放弃，然后她就被救援车送回了营地。

6 “逃跑未遂”，谢谢被“缉捕归案”！

由于第二天谢谢和潘灯的脚都拉伤了，两个人一瘸一拐地走在最后。燕公子的状况也不容乐观，小腿的青紫肿胀没有任何好转，而且已经开始向脚趾头方向蔓延，双脚有三个脚指甲已经青紫了大半。三个难兄难弟，一点点挪动着双腿，慢慢向前移动。

在艰难行进了4个小时之后，潘灯和紫愈退出比赛。看到谢谢走得这么辛苦，潘灯劝他放弃算了，谢谢断然拒绝：“不，我还能走！”

慕蓉问燕公子和谢谢还要不要继续，倔强的谢谢说：“你不用管我，你去追大部队吧！”燕公子也表示要继续比赛。为了不耽误全队的速度，慕蓉匆匆忙忙地去追赶大部队了。

谢谢和燕公子继续往前走，在第一个补给站，简单补充了点水后，谢谢找不到燕公子了，于是决定自己先走，到沙漠边缘那个补给站或许就能看到燕公子。

这段路到底能走多远，谢谢心里一点底都没有，但是他只有一个念头：忍住疼痛，能走多远算多远，走到筋疲力尽，走到摔倒在地再也爬不起来为止。

谢谢觉得，既然决定参加这次挑战，他一定会不负重托，绝对不会让支持他完成众筹、信任他的兄弟姐妹们失望！但是拉伤的跟腱，真的太痛了！

痛得一个大男人眼泪都不由自主地流了下来。

走的过程中，创业到现在经历的挫折坎坷在谢谢脑子里像一部短片播放着，再苦的经历都能走到今天，区区疼痛不算什么，一定要坚持下去。谢谢一边走，一边嘟囔着："不疼，是别人疼，自己一点都不疼！那都是幻觉，幻觉！"

一种心理暗示用的次数过多，也就不管用了。

于是谢谢又换了另外好几种想法——

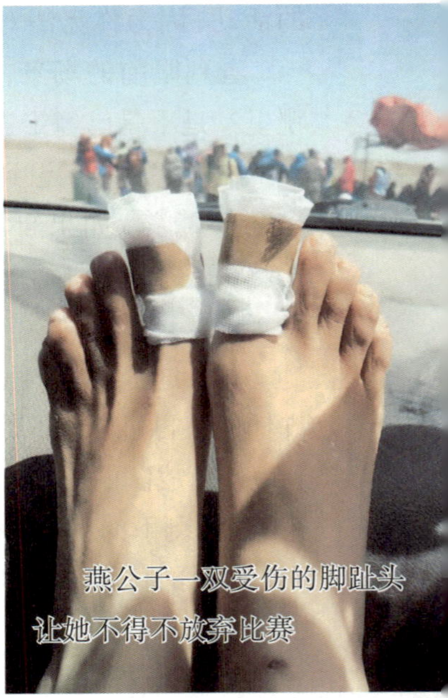

燕公子一双受伤的脚趾头让她不得不放弃比赛

走到终点，就有冰凉的西瓜，"政委"还会像昨天一样，紧紧地拥抱我！多幸福啊！坚持住！

大家好，我是谢谢！非常感谢组委会把最佳设计师这个奖项颁发给我！

今天，我演讲的题目是"未来，是交互设计的天下"……

就是靠这种自我麻醉，谢谢坚持走到沙漠边缘的补给站，正想向医疗车走去，却被一阵惊天动地的哭声吓坏了。他走近一看，原来是燕公子！燕公子的左脚大脚趾整个都变成青紫色，周围渗着血水，指甲都翘了起来！医生正在割开她的脚指甲，把里面的脓血放出来。十指连心啊！那种疼是任何一个人都无法承受的，当时有两个大男人按住燕公子，一个紧紧地按住她的脚腕，一个死死地抓住她的双手，燕公子疼得又哭又叫，眼泪把其中一个人的肩膀都打湿了。

处理好伤口，医生不让燕公子继续走了，燕公子一边哭，一边说："都走一半了，我不想放弃，你帮我包上，我可以走！我可以走！"

医生说："你不要命了！如果脚趾头缺血性坏死，那可是要截肢的！"

一听"截肢"，吓得燕公子停止了哭泣，害怕地问，真有那么严重吗？

医生说："现在条件有限，你伤情的严重程度没法准确判断，但不排除有这种可能！"

燕公子抽泣着，还在做着激烈的思想斗争。

前两天哭着喊着不想走，真的面对退赛的时候，燕公子的心里有着说不出的遗憾，难道真的要放弃吗？

这时候，谢谢说："算了吧，燕公子，下次还有机会！"

燕公子无奈地说："你呢，也准备放弃吗？"

谢谢摇摇头说："不！我还想再试试！"

燕公子劝他："你的脚都伤成那个样子了，还是跟我一起坐救援车回去吧！"

谢谢说："我的伤没那么严重，我还能走！"

从医疗车上下来，已经是下午2点多了，谢谢多希望能在这里遇到自己的队友，但是他还是失望了。

在进沙漠的入口处，组委会的工作人员严阵以待，不允许任何人通过，气氛显得很紧张。

各队的队员们，有的席地而坐在等待救援车，有的则是三五成群在抱怨发牢骚，有的在跟组委会的工作人员交涉，还有一些人从入口处向两边移动，想要绕过阻挡的工作人员，进入沙漠。

谢谢只能望沙兴叹

考虑到每位参赛队员的生命安全，组委会禁止任何人再冒险。

谢谢当时的内心是说不出的纠结和遗憾，如果再早到10分钟，他就进沙漠了！不行，我一定要想办法走完剩下的路程！

于是谢谢从入口处向右直走，走出去大约1公里后，他迅速左转，向着沙漠的方向，一脚深一脚浅地快速奔跑——其实那不能叫奔跑，顶多只能算是一瘸一拐的跳着走。当时的谢谢就像跨越生死线的一名逃亡者，只有拼尽全力，躲过追杀，才能活下来！

但是，工作人员很快发现了谢谢，他们开着越野车，向着他的方向追了过来。谢谢一边不停地回头张望，一边加速向前跑，但是两条腿怎么能跑得过四个轮子，工作人员很快就追上了他。车上下来两个人，开始拦截，谢谢挣扎着跑出了十几米，还是被追上了，两个人拖着谢谢就往越野车上走。

谢谢嚷着说：“你们放开我，我还要继续走！凭什么不给我走！”

工作人员说：“你这是拿自己的生命开玩笑！跟我们回去！”

连拉带哄，就这样谢谢“逃跑未遂”，被“缉捕归案”。

7 没有比脚更远的路！

何海峰是在组委会下达“禁入令”之前，就进了沙漠。对他来说，最大的障碍还不是炎热的天气，而是自己受伤的实在不适合走沙漠路段的脚。

在平地上，用脚后跟走路，不会触碰到前脚掌，但是沙漠里完全不同，一脚踩下去，就会陷进沙子里，每走一步，受伤的前脚掌就会钻心地疼，眼泪直在眼眶里打转，于是只能采取两种方法。第一种，走一步停一下，等疼痛感减弱一点，再走第二步，但是这种方式太慢了，就是走到半夜也未必能走到终点啊！那就只能采取第二种方式，强忍着疼痛，快走几步，等到疼得实在忍受不了，再停下来。

于是何海峰就这样，一路小跑几步，停下来休息一会儿，然后再跑。

天气炎热，加上疼痛，何海峰的汗水，从来没有停止过。补给站的水很紧张，何海峰也不知道带的水能撑到什么时候，渴得实在受不了了，才会拿出一瓶水，喝一半，然后倒进领子里一半。

沙漠里，随处可见陷进沙子里的救援车和医疗车，沿途有人中暑晕倒，旁边的人吓得惊声尖叫，跪倒在地。

何海峰知道，必须要想点什么，让大脑动起来，这样才能忘记疼痛，不受外界的影响。

如果必须要说一个这次徒步的目的，何海峰觉得，一定和父辈、祖辈的影响分不开。

爷爷是老革命，在革命年代，交通不方便，爷爷从老家到市里开会，都是走着去，将近80公里的路，一天走一个来回。

小时候，何海峰听着奶奶讲的故事长大。奶奶经常给他讲爷爷的故事，在何海峰的记忆里，这些故事几乎都跟走路有关系。大爷爷随军去了湖南打仗，二爷爷想要去找他，于是就从广西开始，走了一个月走到湖南，找到了大爷爷，并且参加了革命。

奶奶经常说的一句话就是“没有比脚更远的路”。在幼小的何海峰的心里，走路是件非常了不起的事情，他希望自己将来也能像爷爷一样，用双脚丈量大地，走出自己的人生，走出自己的精彩。

在何海峰的印象中，父亲和叔叔也都继承了爷爷的传统，没有交通工具的年代，父亲和叔叔结伴挑着100多公斤的柴，走几十公里去卖。

途中休息的队伍

后来，父亲进了邮局，成了一名乡村邮递员，虽然有了自行车，但是他仍然没有停止奔走的脚步，大部分时间也都是奔波在各个村落之间，为村民们传递着家书和思念。

父亲是个闲不住的人。退休之后，何海峰把他接到南宁居住。几年来，父亲就是用一双脚，走遍了南宁的大街小巷，就连免费的公交车都不坐。

每天回家，父亲总是滔滔不绝地跟家人说起一天的见闻，哪里哪里又起高楼了，哪里哪里又修路了，简直就是南宁的“活地图”！父亲经常会自豪地对何海峰说：“我是看着南宁一天天长大的！”

走万里路的家风，一直传到了何海峰这里，他也爱上了走路，爱上了跑步……

翻飞的思绪，让何海峰暂时忘掉了脚上的伤痛，他又向前跑了几步，远远地，他看到慕蓉、邓欣、孔艳和大洋正在前面不远处，他兴奋地呼唤着他们的名字，追了上去。

进入沙漠之后，大洋遇到了三天来最大的挑战。50℃的高温沙漠，让大洋回想起来的，不是沙漠的壮美秀丽，而是无尽的闷热，呼吸难受，以及不断从脚底蔓延到小腿神经的疼痛。不知什么时候开始，脚已经肿胀得像刚蒸好的馒头。刺痛，每一步都是刺痛，连着小腿神经的刺痛，几乎让大洋寸步难行。

昨天的水泡肯定灌脓发炎了，这腿不会废掉吧？大洋一边走，一边胡思乱想，脚步却一刻不敢停下，走过沙漠就到终点了，别停，别停，千万别停！

大洋知道，自己走路的姿势一定很难看，像一只受伤的鸭子，摇摇晃晃、踉踉跄跄地往前走，因为沿途有放弃的队员在等待救援，都会对他报以讶异的眼光。一个队员问他：“你都这样了，还能走吗？”

大洋毫不犹豫地回答他：“没问题，我一定可以走到终点！”

那个队员听完愣了，不知道该说什么，憋了好半天才说：“你体力真好！”

这一刻，大洋突然明白为什么能一直走到现在，原来从出发开始，大洋就告诉自己，我一定可以走到终点！别停啊大洋！虽然每一步都很艰难，但是因为每走一步就离终点近一步，心里反倒觉得有点释然。

最后一瓶水，喝了一半，另外一半倒进衣服，哇，那一刻他才真正体会到“爽”和“舒服”的含义，但是这种感觉太短暂了，没过几分钟，水就已经蒸发干了，热浪再一次将大洋团团围住。

不知道还有多远，太远了，实在是太远了！也不知道走了多久，大概就是一个世纪那么久！

最让大洋佩服的是孔艳，她以不可思议的速度追了上来，一直走在最前面。

更让大洋难以置信的是，邓欣和慕蓉竟然也超过了自己！原来，在沙漠里，有许多大大小小的山丘，绕过去比直接翻越过去，耗费的时间会更长，所以，慕蓉和邓欣走到了自己的前面，也没有什么可奇怪的了。

这时候，何海峰也追了上来。

邓欣实在走不动了，大哭起来，慕蓉好不容易安慰好她。邓欣在慕蓉和"政委"的陪伴下站起来继续走。大洋觉得脚已经快要废了，小腿以下除了刺痛没有任何知觉，他不停地捶着、揉捏着小腿，但是丝毫不起作用。

慕蓉说："我等你一起吧！"

大洋说："你们走吧，我会赶上来的！"

而此时，队长李永超远远地跟在大洋的后面。看着队长挪动着脚步，大洋只有一个感觉："沉重"。

感性的大洋，又忍不住感慨起来，这几天来，每一天都是队长殿后，生怕掉下一个队员，虽然队长话不多，但是他为他人着想的一举一动，给桂商战队的队员们留下了深刻的印象。

大洋想起刚出发的时候，听说他想要冲击名次，队长李永超默默地把大洋包里的三罐八宝粥拿出来放进自己包里，他想让大洋轻装上阵，宁愿自己多背点。

大洋又远远地看到曾宪国一直游离在队伍的边缘，穿着城市休闲鞋和自制的防沙套，一步一步地走着。

原来，桂商战队的每个人，都在默默地坚持，坚持的理由不同，坚持的目标却是一样的，那就是为了桂商战队的荣耀！

过了18:00，还没有看到远方的营地，水早就喝完了，已经3个多小时滴水未沾，大洋的意识开始有点模糊了。

没有力气说话，没有力气喊口号，没有力气思考，只是走着，走着，默默地机械地走着。

终于看到远方模糊的营地，还有站在终点附近，等着和自己一起冲刺的队友们！

看到那一张张笑脸，大洋知道，这一天的痛苦折磨，终于要结束了！

14:00进入沙漠，19:40到达营地。最后的50米，7个人肩并肩往前冲，在锣鼓声中冲过终点！

8 优秀的团队，一个都不能掉队！

队长李永超往事追忆——房产集团大业布局

到达第一个补给站的时候，李永超跟工作人员换了一块有电的电池，终于跟队员们联系上了，他心里踏实了许多。

李永超进沙漠的时候已经接近14:00，他是桂商战队最后一个进沙漠的队员。大部分走进沙漠的队员，是到了终点才知道14:00以后组委会已经禁止任何人进沙漠了。所以在沙漠里的时候，李永超还一直替掉队的队员担心，苦于联系不上，就像第二天一样，李永超只能加快速度，争取拿个好名次。

14:00，正是太阳最烈的时候，沙漠表面明显能看到一股热浪飘过。沙漠跟平路不一样，一脚踩下去有可能就会陷下去，再抬起很费体力，而且还有扭到脚的可能，所以步伐不能太快。在烈日下行走，感觉自己如同蚂蚁行走在热锅上，这种感觉能让人崩溃。

这时候，李永超发现一个奇怪的现象，他往前走，救援车往回开，为什么往回走？疑惑一闪而过，没有时间想这些事情，还是赶路要紧，李永超加快了脚步。

进入沙漠深处，坡度越来越大，李永超决定沿着沙脊走，因为这样相对安全，走在沙坡上，很容易摔倒，沿着沙坡滑到坡底，再爬上沙坡，又要额外耗费体力，而且沙脊上视野好，可以避免走错方向。但沙脊都不是直线，这意味着要走更长的路。

对讲机有了微弱的信号，李永超得知后面的人已经被禁止进入沙漠。这个消息不知是好还是坏，管不了那么多，现在已经没有退路，李永超拖着已经没有知觉的双腿继续前进！

此时此刻，组委会和比赛对李永超已经不那么重要了，他不是为了任何人，而是为了自己在走，为了完成自己未竟的心愿，为了让自己不再遗憾！

李永超是河北保定人。20世纪90年代，在寻呼台担任台长的大伯帮姑姑开了一家营业厅，于是李永超就去给姑姑打工，一边学技术，一边帮忙看店面。技术学成之后，他就跑到广州闯世界，正好赶上了中国通信业大发展的时代风潮，20岁的时候，就开了四五家店，赚取了人生第一桶金。

少年得志，难免会有点飘飘然，更何况那当时的李永超周围聚集着一群所谓的朋友，跟着他夜夜笙歌，醉生梦死，因而也埋下祸端。

那时候，李永超做的是“集群网”，从移动、联通买了号段，开办套餐，先打电话再付费。后来这批号被盗，流通到公用电话亭，等到李永超发现时，已经欠了40多万的话费！

李永超多方筹措资金，这个3万，那个5万，甚至是1000，2000，就这样才把话费凑够了。

李永超知道，这批号码没有内鬼不可能流出去，但是事情已经发生，追讨欠款的希望几乎为零。遭遇了事业和友情的双重打击，李永超绝望了！

李永超的公司在26楼，他爬到28楼楼顶，站在天台的边缘，差一点就跳了下去！

可是一想到自己才27岁，如果就这样死了，怎么能对得起生养他的父母！只要活着，就有希望，只要有希望，就能东山再起！

已经在通信行业摸爬滚打差不多10年的李永超清晰地知道，通信行业的高速发展期已经过去，开始走下坡路，利润空间也越来越小，该转行了！这时候，有个朋友给他打电话，让他到广西，有个大项目要跟他合作。

2007年的时候，南宁市获得“联合国人居环境奖”，2005年开始举办的“东盟博览会”也逐渐为世人所知晓，北部湾大开发也在如火如荼地进行中，广西也推出以‘先试先行权”为龙头的五大优惠政策，发展势头类似20世纪80年代的广东。李永超被广西的发展前景所吸引，于是他结束了广州的公司，来到广西。

没想到的是那个朋友把他带进了一个传销团伙。李永超当然知道这是传销，没有上当受骗，再加上当时的李永超也没有钱，于是他就离开做传销的朋友，开始在南宁街头寻找商机。

因为要在南宁发展，李永超就想租个房子住。

去了一看，李永超就乐了，这里的房产中介还很落后，房源也很少，问了几家都没有。后来有个小伙子悄悄拉住他说，100块钱10条房源，要不要？当时在广州，租客租房要交一个月房租给中介公司作为中介费，这个价格就是白捡啊！李永超见证了通信业逐渐衰落的过程，看着通信一条街逐渐变成房屋中介一条街，而此时的南宁，在他看来，简直就是遍地黄金呀！

李永超给广东的一个朋友打电话，让他过来考察市场，朋友也被震惊了，不但房屋租赁市场处于起步阶段，连二手房销售市场都不正规。两个人都觉得这是个巨大的商机，这件事，能做，必须做，而且要马上做！

为了获取房源资料，李永超和朋友打印了十几份简历，去中介公司应聘，没想到前三个公司都拒绝了。李永超看看自己身上名牌的服装、最新款的手机，顿时发现了问题所在，于是他上街买了最便宜的衣服换上，应聘成功。

一开始中介公司的经理也怀疑他是商业间谍，李永超拍着胸脯向他保证："以我多年做生意的经验，我一定能帮你创造更多的价值！"

就这样，在这家中介公司，李永超第二个月开了一单，第三个月开了两单，半年后，成了公司的销售冠军。

在这半年中，李永超也开始为自己的事业布局。他把那个做传销的朋友给"策反"了，让他去考察市场，熟悉南宁市各个区域的楼盘房价，寻找合适的店面。

而李永超则利用这半年的时间，掌握了大量的房源信息，同时又"策反"了一名同事，承诺他，只要跟着自己干，两年内，让他有房有车！

当时的南宁正是大发展的初期，很多外地人都来此淘金，租房买房市场需求非常大。李永超觉得时机成熟了，开始自立门户，在很短的时间之内就发展起来，并且吸引了很多广东的朋友投资他的公司。两年的时间，李永超开了26家店，而当时南宁最大的房屋中介公司，才只有10家店。

2008年经济危机，李永超抓住时机，弯道超车，迅速扩张。等到2009年房地产市场开始回温，已经没有什么能够阻挡李永超的事业蓬勃发展的脚步了！

2012年，因为发展理念不同，李永超和投资人发生了分歧。看到房地产市场巨大的利润，投资人认为公司的发展应该转向了，而李永超坚持要做二手房中介，最后被迫妥协。2012年到2015年3年间，李永超在南宁以外的县市做了3年房地产开发，后来发现这行水太深，而且受政策的影响非常大，他觉得还是应该回归南宁，毕竟大多数人的终极置业目标还是在大中城市。

2015年回归南宁，李永超选择单飞，成立了中盛融和集团有限公司，致力于一手楼盘、二手房的销售代理，并且推出“优+房地产交易平台”，大力推广线上交易。

李永超爱交朋友，第一个朋友，就是在车站问路的时候认识的。

那天，冷空气来了，还下着雨，李永超只带了短袖，冷得直发抖，就在公交车站问一个小姑娘去哪里可以买衣服。小姑娘说：“我正好去逛街，你跟我一起吧！”李永超说：“那我请你吃饭！”

买好了衣服，李永超要请她吃饭，小姑娘就带着他走街串巷，过天桥进地下室，李永超还担心她要狠狠地宰自己一把，没想到最后到了一家米粉店。小姑娘只点了一碗3块5的米粉，李永超觉得她很实在，两个人成了好朋友，后来通过她，又认识了很多朋友。

小姑娘后来进了保险公司，李永超就把公司1200多人的保险业务全都交给了她。

李永超很喜欢南宁。在广州10年，他一直感觉自己是个外地人，是个过客，在南宁却没有这种感觉。南宁人很淳朴，热情好客，做生意也实在，正是因为这些，才给了外来人员以发展的契机。南宁人对新鲜事物的接纳度高，很愿意学习和听取别人的意见，虽然城市历史很悠久，但是没有传统的条条框框，新生事物很容易落地生根，发芽开花。

在南宁奋斗了这么多年，李永超已经把自己当作是南宁人了。2008年，女朋友从广东来到广西，两个人买了房子，结婚生子，把家安在了南宁，也把根扎在了这片土地上。

回想着往事，时间过得飞快，李永超一抬头，看到远处有人影在晃动，他推测应该很快就到终点了！

这时候对讲机里传来慕蓉的呼叫：“队长，我们在等你，你赶上来吧！”

当时的李永超不知从哪里来的力气，一路小跑一路超越，看着队友们越来越近，还有5公里，还有2公里，看见他们了，他们都在终点处等着他，大家手挽着手，排成一列，整整齐齐地冲过了终点线。

那一刻，队员们抱头痛哭。为什么会哭呢？后来李永超想，队员们已经结下了深厚的友谊，谁都离不开谁，最后的关头，他们是那么的齐心一致，不放弃任何一个人，没有谁去争抢第一名，他们携手并肩、共同冲刺，每个人都是第一名！

9 邓欣、慕蓉，后来居上！

进入沙漠后，邓欣兴奋了，这是她第一次感受沙漠！她对沙漠有一种敬畏之情，看着绵延到天际，望不到头的黄沙，她的心里开始打鼓，不知道自己能不能坚持走到目的地！

邓欣、慕蓉和孔艳，三个人一路走，一路找补给站。因为她们进沙漠的时间比较早，还不知道组委会已经禁止后面的人再进，而这一路上她们经历的艰辛，不是常人能够想象的。

路上，他们遇到了何海峰，四个人相互照应，结伴而行。走到一半的时候，四人带的水已经全部喝完了，食物也全部吃完。进沙漠之前的补给站除了少量的水和西瓜之外，没有提供食物。

慕蓉在邓欣后面一路喊着："抬腿，向前，深呼吸，收腹。"

这时候，他们联系上了队长李永超，得知他在后面不远，很快就追上来。

在路上遇到其他队的队员，他们才得知因为种种原因，后面的人，都被拦在了进沙漠的路口，救援车和补给车进不来，前面也没有补给站。

听到这个消息，桂商战队的四个人都沉默了。没有后援，没有补给，只有一部对讲机，信号还极差。

如果说前两天只是条件艰苦，第三天则是前途未卜，甚至是绝地求生。

又累又饿的邓欣突然哭了，一

屁股坐在地上说：“我再也不想走了，我真的不行了，我不走了！”

关键时刻还是慕蓉有经验，她安慰邓欣说：“我们还剩下不到四分之一的路程，往前走就能到达终点，往后走回到补给站，距离是一样的，耗费的体力也是一样的，结果完全不同！邓欣，你觉得呢？”

邓欣只是不停地哭，也不回答。

孔艳说：“我们别无选择，我们只能往前走！”

慕蓉接话说：“是啊，没有救援车，留在这里，就是死路一条！”

这时候，何海峰蹲下说：“要不我背你一段？”

邓欣一边哭，一边冲着他们三个人摆手说：“名次重要，你们先走，别因为我耽误时间，我真的走不动了，我等队长，就在这儿休息一下！”

慕蓉大声地说：“邓欣，你这是对自己不负责任！如果等不到队长怎么办？”

孔艳也说：“是啊，沙漠里路标都没有，很容易迷路的！我们不能把你一个人丢在这里！”

穿越沙漠的队友们肩并肩在锣鼓声中冲过终点

何“政委”也坚持一起走，他说：“成绩很重要，但是队友更重要，只要还有最后一丝力气，我们会带着你一起走出沙漠！”

这时候的邓欣依然无法控制自己的情绪，大哭不止。

慕蓉说：“那就先让她哭一会儿吧，哭出来就好了！”

这时候，大洋蹒跚而来，看到这个场景，他二话不说，过来把邓欣的鞋脱了下来给她按摩放松，边按边说：“坚持！想想你的孩子，今天坚持住，他们会为你骄傲的！”

大洋的这句话，似乎起到了作用，邓欣渐渐地停下了哭泣，是啊，我都来了，再坚持一下就到了，如果现在放弃，以后如何面对孩子！不是说言传身教吗！不是要给孩子树立榜样吗！

几个人把邓欣扶了起来，慕蓉和何海峰搀扶着她，慕蓉扶着邓欣的肩膀说：“邓欣，现在开始，你什么都不要想，听我的口令，我们大家一起走完最后这段路程好吗？”

邓欣带着眼泪点点头。

于是慕蓉就一路喊着口号，抬腿，向前，深呼吸，收腹，继续抬左腿！

大洋和其他人也在旁边鼓励着邓欣。

“邓欣，你一定行！”

“坚持就是胜利！”

“邓欣，你是最棒的！”

邓欣的双腿，此时已经完全没有了意识，她只是按照慕蓉的口令，机械地抬起右腿，放下，再抬起左腿，放下。就这样，五六公里的路，他们走了两个多小时，慕蓉也喊了两个多小时，嗓子都哑了。

在距离终点还有两公里的地方，“政委”何海峰说，我们在这里等一下队长吧，这一天真是太不容易了，咱们桂商战队必须要一起冲刺！

其他4个人都同意何海峰的建议，于是他们坐下来，一起等着后面的队长。

这时候，队长李永超和曾宪国一前一后，步履维艰地走了过来，曾宪国一抬头，看到的竟是何海峰等5人对着他俩齐声高呼：“加油，加油！”

看到当时的情景，李永超和曾宪国的眼圈都红了，这是何等振奋人心的一刻，经历了生死12个小时的两个大男人，瞬间被这浓浓的友情，充满激情的团队精神深深地打动了！

这一天，曾宪国没能做到“三鸣惊人”，慕蓉、邓欣、何海峰、大洋、孔艳和队长李永超，都走在了他的前面，曾宪国激动地奔跑上前，和他们几个紧紧拥抱在一起。曾宪国不相信地看着三个女队员，心里想：她们是妖精吗？会飞吗？怎么走得这么快？怪不得她们个个能成为行业精英，看来和她们不屈不挠的精神是分不开的！

何海峰说："全部人员到齐，我们一起冲刺吧！"

桂商战队这几名队员，手拉着手冲过终点的时候，让等候在终点的工作人员和其他队的队员都震惊了，这是怎样的一支战队，竟然有这么多人同时走完第三天的行程！

就在他们冲过终点的一刹那，人群中爆发出雷鸣般的欢呼声，顿时锣鼓声响起，终点沸腾了 声浪一波高过一波，回荡在千年沙漠的上空！

冲过终点的邓欣，忍不住抱着队友哇哇大哭！

慕蓉哭了，孔艳哭了，大洋哭了，李永超哭了，何海峰哭了，曾宪国也哭了！

他们抱头痛哭，为这来之不易的胜利，为这感人肺腑的友情！

燕公子、紫愈、潘汀、拉姆迎了上来，拥抱着队友，大洋的眼泪不受控制地一直向外涌，不是累，不是痛，是见到家人般的放松和压抑之后的喜悦！这种感觉，终生难忘！

10 让我们欢笑吧，痛哭吧，让我们歌颂这同生共死的友情！

到了下午的时候，拉姆、潘灯、燕公子和紫愈就坐着车回到了营地，到营地时都已经差不多18:00了。甘肃晚上八九点天才黑，所以拉姆她们就去终点等队员回来。

今天拉姆的情况有点糟糕，她发现不止她一个人，几乎每个回来的人情绪都非常糟糕，垂头丧气，不言不语。

晚上，拉姆去医务室，一伸出脚来，简直惨不忍睹。脚起了水泡，外面的整层皮都掉了，露出来红红的肉，大拇脚趾的指甲都嵌进去肉里了，看得她心惊肉跳。天哪，这种经历，有一次也就够了！拉姆知道，以后自己不会再参加这种比赛了，她做到了该做的，相信老公的在天之灵，也能体谅她吧！

紫愈回到了营地，在公共区域休息，看到了受伤回来的拉姆，那一刻她好想哭，就问有没有桂商战队的队友们的消息，拉姆说她联系不上。紫愈的心再次紧绷，担心队友们的安危，眼泪止不住地流。

在终点焦急地等待着，看到了许多其他队的队友抵达终点的那一刻，每个人都是激动不已，所有人都抱头痛哭，那一刻紫愈心里只有感动。

桂商战队一行7人，即将抵达终点！对讲机里传来了何海峰的声音，紫愈激动地哽咽，把对讲机塞给拉姆，说："你来跟'政委'对话！告诉他我们已经在营地，等着大家凯旋！"

紫愈、拉姆、潘灯和燕公子跑着去迎接队友们的归来，脚底的痛已经感觉不到了。

冲过终点，大家都累得说不出话，抱头痛哭，除了激动还是激动！

是的！大家终于凯旋了！

凭祥大哥比孔艳早到终点，因为担心孔艳，听说桂商战队的队员回来了，他就跑到终点，看到桂商战队的人就问，孔艳在哪里？你们看到孔艳了吗？

当看到孔艳的身影，凭祥大哥就冲了过去，孔艳也激动万分，两个人紧紧地拥抱在一起，凭祥大哥赞叹："今天，终于看到你的潜力了！"

在医务站包扎伤口的时候，紫愈看到何海峰的前脚掌整片的皮都脱落了，裸露在外面的皮肉渗着血水，把袜子都粘到脚上了。

医生看到伤口都惊讶不已，他问："你就是用这双脚，走完了40公里？"

何海峰平淡地说，是啊！

医生不停地摇头："太不可思议了！这伤口要是在其他任何一个人身上，他连5公里都走不下来。你知道吗，没有表皮保护的脚掌，碰一下都是钻心地疼！刚才有个1米8的大男人，上药的时候，疼得直掉眼泪，你真是太了不起了！"

紫愈忍不住问他，"政委"，值得吗？

何海峰笑笑说，皮外伤，几天就好了。

第三天直线距离32公里，实际行走距离接近40公里，其中一半是坚硬的黑戈壁，一半是松软的沙漠，沙漠里车辆和医务全无，全靠自己背的水支撑下来，气温达50℃，7:00持续徒步到19:00，共计12小时，中途没有吃饭，只有一个补给站。桂商战队除了受伤的拉姆、燕公子、潘灯和紫愈，其他人全部走出了沙漠！

11 走过大漠戈壁，遇到更好的自己！

邓欣——"未曾在深夜里哭泣的人不足以谈人生"

邓欣从帐篷里出来，找了个安静的地方，开始给两个女儿录视频，按下开始键，说了一句："宝贝你看，妈妈今天好棒！"邓欣就忍不住泪流满面，她赶紧暂停，调整了一下情绪。这一路走来，真是太不容易了！到现在邓欣都不相信自己今天竟然走完了全程，这短短三天里的经历，简直就像她的人生一样跌宕起伏。

由于事业太忙，女儿有时会委托老师照顾。对于女儿，邓欣并不像很多望子成龙的父母，她对女儿最大的期待，就是希望女儿能阳光、快乐地长大，不要再受自己受过的罪，吃自己吃过的苦。

邓欣，出生在一户广西人家，是从小看着父母如何开饭店做生意长大的。

孩提时代的邓欣，从父母身上，不断体会着诸如“坚韧”“乐观”“积极面对”等正能量的词语真正的含义，由此，妈妈成了她一直以来的偶像，她幼小的心里也种下了一颗梦想的种子：将来，也要做一个像妈妈那样的人。

邓家有女初长成，长大后的邓欣简单地快乐着，乐天率性。尚在读大学的她，在周末和假期就出去打工，在一家装修公司做电话营销员。那时家里对她的生活经费和学费并不限制，去打工，也仅仅是源于她喜欢这样的生活，有事情做会很充实，也能得到快乐和成就感。

2000年初的南宁，电话营销并不常见，尤其在家装领域，很多人都是抱着好奇与不信任在电话里进行沟通交流。作为一名大学生，之前对家装的了解基本是零，为了做好这份工作，她学习电话交流的话术，与房产经纪公司建立联系，打通客户渠道，了解房屋知识，从房屋结构到测量的知识她都熟记于心，尽管是个女孩子，也爬高摸低地帮客户测量尺寸。

那时她的月薪是400元，销售成功一单能提成2000~3000元不等。虽是兼职，邓欣的销售业绩每个月都在公司排名第一。对她来说，她收获的并不仅仅是金钱，更重要的是她对自我有了更为清晰的认知，这段打工经历，也为她未来选择事业确立了方向。

大学毕业后，她选择了房地产行业，在一家知名的房地产公司做房产销售员。阳光向上的积极性格，勇于挑战的工作热情，使她无论在哪里，都会成为一名好员工，她享受不断成功挑战自己后的满足感与成就感。

而这两段成功的打工经历，也让邓欣在一点一滴地积累着能量。邓欣已经不甘心只为别人打工，将来有一天，她要自己做老板。那时候的邓欣，具备了资源和能量，具备了做老板的心态，所缺的只是一个机会而已。

不久之后，邓欣结婚了，做老板的梦想，也渐渐地被为人母的喜悦所冲淡，埋藏进了心底。初次生产，让邓欣经历了一次极致的痛苦，至今想起来，都会头皮发麻。

从6:00到12:00，阵痛一阵阵袭来，腹中胎儿却一点也不急着降生。终于，经过6个多小时的折磨，女儿终于降临，可母亲的痛却并未结束。孩子出来一会儿之后，医生说，胎盘一直没有脱离身体，仍旧在子宫内，药物也不起作用，必须人工剥离，否则会大出血！邓欣也感觉到血汩汩地流出来，还没等她弄明白人工剥离是什么，在没打麻药的情况下，医生就用手从邓欣子宫内把胎盘剥离出来。当那种撕扯身体的痛袭来时，初为人母的邓欣仿佛经历炼狱摧残，哭着发誓这辈子再也不生孩子了，太受罪了！

胎盘扯出来后，医生们还在拼凑查看，有没有遗漏，邓欣看见地上的一摊血迹，顿时晕了过去。

生完孩子的邓欣承担起养家的重任。

由于在房地产销售行业多年，邓欣已具有相当专业的资质，她去了一家房产销售公司，成为合伙人，搭档做策划，她负责营销。那时候，孩子才五六个月大，由于所做的项目在广西的沿海小城防城港，她只能把孩子交给妈妈带带，自己只身去防城港打拼。作为一名年轻的妈妈，孩子那么小却不在身边，每次想到待哺的女儿，她心里都会酸酸的。中午空闲时，她就拿出女儿的照片，愣愣地看着，心里充满了无限的思念。

随着生意的发展，邓欣与老板在一些理念上产生了分歧，于是毅然跟老板说再见，自己组建了公司。公司成立后，她很快接到了第一单生意，并且获得了成功。事业成功的邓欣，工作越来越忙，一边承担着家里的负担，一边忙碌地打理刚起步的生意。慢慢地，她还完了一百多万的债务，生活好了起来。

在女儿1岁多的时候，邓欣又怀孕了。

第二个女儿降临到了世上，邓欣的压力更大了，得了产后抑郁。幸亏有妈妈在身边，帮自己照看两个女儿。

30岁的邓欣随着岁月的磨砺，慢慢成熟起来，就像一枚经过沙粒不断打磨的珍珠，渐渐散发出柔和剔透的光泽。几年在生意场上的打拼，使她越来越本能地用老板的心态和思维去看待身边的事。

防城港是个美丽的滨海城市，有优美的自然风光，还有优良的旅游资源，邓欣看到商机也看到前景，把目光落在旅游度假酒店上。

在这两年间，由于工作、生活的压力太大，她得了甲亢，一个月暴瘦十几斤。甲亢会引起神经过敏、易激动、性情急躁、失眠多梦、精力不足等症状。

有时候开车行驶在高速上，邓欣会觉得活得太累，不如撞大车死掉算了！一有这种念头，邓欣就拼命地说服自己，不要啊，千万不能有这种想法，你死了，两个小孩怎么办？当下了高速，把车停在路边时，邓欣发现自己已经是冷汗连连，浑身颤抖，于是她忍不住趴在方向盘上，大哭起来。

未曾在深夜里哭泣的人，不足以谈人生！

创业守业的企业家们，几乎每个人都经历过绝望，想要一死了之的念头，也不是一次两次了！

王健林哭过，王石哭过，潘石屹也哭过。

从创业初期贷款的艰辛，到做商业地产时候的坎坷，再到目前转型的焦虑，王健林似乎每一天都过得不容易。

在做商业地产初期，3年时间里，王健林被告222次，这种压力也只有他自己知道。我们在感叹人与人之间巨大的差距时，其实很少有人看到那些成功的人背后付出了多少超乎常人的努力。

鲁迅说“人类的悲欢并不相通”。这话确实如此，没有经历过创业的人，不会懂得创业的艰苦；没有陷入那样的绝境，就不会知道压力有多大，你所看到的盛世繁华背后，是每个创业者一路走来的斑斑血迹。

走过大漠戈壁，遇到更好的自己！

邓欣知道，现在的她已经破茧成蝶，变得更从容，更自信；未来的她将会展翅高飞，不惧风雨！

12 即使走了很多弯路，我也不会迷失方向！

谢谢——独立设计师之“苦旅”

天色已晚，沙漠里昼夜温差很大，夜凉如水，甚至都让人感觉有点冷了。

谢谢坐在救援车里，静静地望着车窗外的星空，不熟悉路线的司机师傅还在开着车绕来绕去。车上静得可怕，大家心里都很清楚，汽油已经快要耗尽，却还没有找到正确的方向，不知道今天晚上，会不会在沙漠里过夜？

想起自己所走过的路，谢谢忍不住苦笑一下，和今天的经历真是太像了！

2004年之前的谢谢，不会想到，有朝一日，自己会成为知名的室内设计师。

读中专，父母替谢谢选的是机电应用与维修专业，后来转到了计算机系。

可能每个人都有过这样的经历吧，没有找到自己愿意为之奋斗一生的事业前，很难激发出自己的学习兴趣，这就导致经常上课迟到，谢谢也是如此。与父母再三商量后，谢谢又转到与他从小爱好的画画相关的电脑美术设计系，但他对玩游戏的兴趣远大于学画画。那时候，他疯狂地迷上了打游戏，甚至旷课到网吧去玩通宵，因为旷课太多被学校开除。

父母担心谢谢不读书将来会毁了自己，就千方百计把谢谢转到了广西建设学校室内设计系。就在向着梦想前进的时候，谢谢因为一时意气用事帮朋友出头，致人受伤，不得不中断了学业。

谢谢赋闲在家，迷茫无助，不知道自己的前路在哪里，也不想赖在家里做个啃老族。

于是谢谢决定摆地摊，在路边卖自己刻录的CD，第一天卖了5张，35块钱。摆了一段时间地摊，谢谢算了一笔账，一天也下来也赚不了多少钱，于是他就放弃了。不过，那段摆地摊的经历给谢谢留下了深刻的印象，他到现在都记得，当时他循环播放的那首歌叫《童话》，直到今天，他听到这首歌都会有莫名的感慨。

后来他做过夜总会服务员，上了一个礼拜班，实在忍受不了大老板的呼来喝去，工资都没领，就不干了。虽然不知道自己的未来在何方，但是谢谢知道，这些工作，都不适合他。

2005年，谢谢家里刚买了房子。因为中专时读过室内设计，他自告奋勇地设计装修图纸，亲自监工装修。没想到的是，装修好的房子竟然获得亲戚、朋友的一致好评。

周围人的赞扬和鼓励，让谢谢那颗为设计而生的心，开始蠢蠢欲动了。

或许室内设计才是我应该选择的方向吧？谢谢心想。毕竟只学了半年，心里还是没有底，但是转念一想，我能不能给别人免费设计，然后再拿下装修的活儿？

说干就干，谢谢印了好多宣传单，在小区里广为散发，"免费室内设计"的字眼吸引了很多人的关注，再加上把自己家当成样板房，于是，谢谢接了人生中的第一单生意。虽然因为预算没做好，亏了钱，但是这给了谢谢巨大的信心，让他知道，在室内设计上，自己还算是有点天分。

2006年夏天，谢谢成立了"谢谢空间工作室"，正式踏入室内设计这一行。

后来的路，越走越顺，单子也越来越多，但是谢谢丝毫都不敢马虎，设计、做预算、购买材料、监工，样样亲力亲为，那段时间，又苦又累，有时候就睡在办公室里、工地上。也正是这段经历，让谢谢对室内装修设计的工艺材料、施工程序有了深入的了解，这些对他的设计起到很大的帮助作用。

回想起以前的经历，谢谢说，他从来没后悔过。因为人生就是一张设计图，只能修改校正，不能推翻重来。过去的一切，无论好坏，都造就了今天的谢谢，与其后悔，不如把下一张设计图做得更完美！

从来都没有完美的人生，只有完美的努力与奋斗。

从2007年开始，谢谢先后在朋友的鼓动下，投资了"80年代休闲吧""奋斗休闲娱乐城"等项目。由于投资太大，不可避免地就要投入更多的精力和时间。那段时间，室内设计师谢谢，变成了老板、经营者和陪酒者，他离自己内心热爱的室内设计越来越远。由于经营不善，2009年，两个项目相继转让，不但没有赚钱，还把做室内设计赚的钱都赔进去了！

有一天晚上躺在床上的时候，谢谢忽然警醒，自己怎么会走到这一步？自己的人生，为什么要被别人左右？欠下的三十几万怎么还？出去找份工作，一个月5000块，不吃不喝要五六年才能还上！

想到这些，谢谢出了一身冷汗，如果再这样沉沦下去，整个人就会废了！

于是第二天，谢谢就打点行囊，回南宁。

在南宁颓废整整一年，谢谢始终找不到方向，或许是离开室内设计这个行业太久，他都忘记了自己还有这样一门吃饭的手艺。

就像第一次一样，把谢谢从困境中挽救出来的，还是室内设计。有个初中同学打电话来问他还做不做装修？谢谢犹豫都没犹豫就说：“做！”

经过两年多的努力，谢谢于2011年成立了广西奋斗装饰设计有限公司，先后设计了奥运会跳水冠军何姿的别墅、菲越星马泰餐厅、广州保悦酒家、玉林九龙阁酒楼、平果北部湾商务娱乐城等项目，获得业界一致好评。

2013和2014年，由于盲目扩张，谢谢接连不断在广西各地开了多家分公司，致使资金链断裂，濒临破产。谢谢只好借高利贷维持公司运转，即便是这样也没能挽救公司于水火之中。

无奈之下，谢谢只好卖掉房子、清算公司资产，最后核算下来，谢谢还有几十万的债务无法偿还。

那段时间，是谢谢人生中最灰暗的日子，出门坐公交车，还要翻箱倒柜到处找硬币，几公里的路程，都是走路过去。晚上更是难熬，经常是睡醒了哭，哭累了又睡。什么梦想，什么创业，什么赚钱，这些统统变得不重要，谢谢唯一的想法就是，把债务还完，安安心心睡个好觉。

睡不着的时候，谢谢也会反思，为什么会失败？为什么会犯错误？出路在哪里？谢谢终于明白什么叫“成功者决不放弃，放弃者绝不成功”。要想成就一番伟业，一定要把有限的时间、精力用在自己最擅长的设计。即使自己的人生走到了必须转型的关口，谢谢内心还是难以割舍对设计的热爱，但是要放弃有着丰厚利润的装修工程，仅仅凭借着收取设计费，真的能养活自己吗？在有些装修公司免费提供设计方案的冲击下，客户真的愿意为设计买单吗？

谢谢决定尝试一下，就在这时，朋友有一家健身房找谢谢做设计，谢谢咬咬牙报了5万元的设计费，没想到对方竟然答应了！这一次试水成功，给了谢谢巨大的信心，我的选择没有错！

健身房那个项目拿了商业设计赛大奖，陆续地，谢谢又拿了几十个各类设计大奖，成为设计行业书刊封面人物，还被邀请到北京政协礼堂领取“中国杰出设计师”的荣誉证书，这是多少设计师梦寐以求的。谢谢在业界的名气也逐渐打开了。

从2015年开始，谢谢的事业走上快车道。吸取多次创业失败的经验，这一次，他心无旁骛，专注工作。这些年，走了太多的弯路，既然已经找到了人生方向，就要坚持梦想，一往无前！

13 谢谢回来了！

“生离死别”般的等待

回到帐篷之后，邓欣悄悄问慕蓉：“今天下午，你像赶狗一样，把我从沙漠里赶了出来，你就不怕我身体突然出状况？”

慕蓉自信地说：“不会！桂商战队每个队员的身体情况，我都了解。潘灯受伤严重，肯定坚持不下来，我会劝她放弃。而你，几乎没有怎么受伤，只是信心不足罢了，我知道，只要把你逼到悬崖边上，你一定能走完全程！”

邓欣笑了，说：“你比我还了解我自己！”

慕蓉得意地说：“那当然，要不大家怎么推选我做军师呢！”

全部队员都已经归队，始终没有见到谢谢的身影，也联系不上他。队长李永超和“政委”何海峰跑到组委会去打听消息才知道，有辆救援车找不到路，也联系不上，谢谢可能就在那辆车上。

可能？如果不在呢？

如果谢谢一个人进了沙漠怎么办？没有照明设备，没有对讲机，他的腿上还有伤，他的补给还够不够？

沙漠地区以沙石为主，地表干燥。沙石热容量小（水是热容量最大的物质），白天吸热快、升温快，夜晚散热快、降温快。夜间的温度会骤降到0℃ ~5℃，体感温度更低。谢谢衣衫单薄，怎么可能撑得过这漫漫长夜？

没有得到确定的消息，李永超和何海峰心情格外沉重。

大家互相交流着自己所知道的关于谢谢的情况——

“他没有和你们一起上救援车吗？”

“他还在继续坚持，拄着手杖一拐一拐地向前走。”

“他有没有进沙漠，我不知道！”

“当时他拒绝上救援车，坚持一个人往前走了！”

“我应该留下来陪他！”

“当时应该拉他一起上救援车！”

“千万别出什么事？否则我会后悔一辈子！”

所有队员都来到营地外面等着，看到有模糊的穿着绿色队衣的身影走过来，大家都激动地迎上去，不是谢谢！大家失望而归，一次又一次失望，越来越不祥的预感笼罩在大家的心头。

救援车回来了好几辆，一直没有谢谢的消息。有个战队的队长，是专业的救援队员，带了专业设备，不顾组委会的劝阻，召集了50多个人走进沙漠，去寻找失联的队员。

每个人的心情都很沉重，这一刻，他们才深刻地理解了什么是救援，不是招手即停的救援车，不是递给你一瓶水，而是在非常情况下，对身处危险中的人，实施解救行动。平时在报纸、电视中看到的救援场面，紧张又惊险，一旦亲临其境，那种提心吊胆、恐惧不安，充满希望又害怕失望的心情，比等候在手术室门外还要复杂，一时难以描述。

因为担心谢谢的安危，那天晚上帐篷里的气氛格外沉闷，几乎没有人说话，大家都在静静地等待，默默地祈祷。

紫愈和潘灯决定走出去找谢谢。走了将近5公里，还是没有看到他的身影，天色已经暗了下来，再继续向前就有迷路的可能，两个人只能往回走。

此时的大洋心里充满着愧疚和悔恨，他坐在营地外面的土堆上望着远方渐渐发黄变暗的天空，心里有说不出的滋味，眼泪不由自主地流了下来。曾宪国坐在离他一米远的地方，以一样的姿势望着沙漠。

大洋一直在问自己，什么最重要？是名次还是友情？是荣誉还是生命？如果时间能倒流，他一定不会丢下谢谢一个人，一定会陪着他！哪怕拿不到名次，哪怕无法走完全程，在队友的生命安全面前，一切都微不足道，可以忽略！

据统计，还有50多人没有归队。组委会把所有救援车都开出去，每隔50米一辆，一字排开，全部打开大灯，给失联的队员们指示方向。

一直到23:00多，不知道谁在外面喊了一声，谢谢回来了！

帐篷里顿时响起热烈的掌声和欢呼声，就像是欢迎凯旋的英雄，更像是赢得了和死神的比赛！

燕公子冲上去，抱着谢谢号啕大哭。这三天，承蒙谢谢一路照顾，她都没来得及说一句感激的话，心里一直悔恨着，看到谢谢回来了，百感交集，情绪彻底崩溃，她甚至有种生离死别的感觉，抱着谢谢不撒手，生怕一松开，谢谢又会消失了！

情绪稳定后，燕公子悄悄去食堂给谢谢打了饭，不知道怎么报答他，那就为他做点力所能及的小事吧！

谢谢不知道到被队友们拥抱了多少次，脸上、肩膀上蹭满了鼻涕眼泪，感受到队友们亲人般的关爱，他鼻子酸酸的，眼泪也忍不住流了下来。

平日里，很少遇到这种揪心的等待，也很少会这样直接而坦诚地表达情感，释放自己的眼泪。这三天里，桂商战队的队员们，见过彼此的坚强与乐观，也见过相互的脆弱与悲伤，这一路走来，虽然不是出生入死，但是也结下出生入死般的友情。这种情感，没有携手走过大漠戈壁的人，完全不能体会！

由于大家都很累了，队员们已经很难打起精神谈天说地，帐篷里比较安静，为了缓解气氛，拉姆开始调侃谢谢和燕公子："哎呀，你们两个人，三天里形影不离，看来革命友情发展得不错呀！"

大家纷纷附和："是啊，是啊，看到谢谢安全回来，燕公子哭得可伤心了！"

"燕公子，你要经常来看看我们呀，其实我们也知道，你要来的话，也是来看谢谢的！"

帐篷里顿时热闹起来，大家你一言，我一语，说得谢谢和燕公子都脸红了！

哎，桂商战队的这群人啊，开玩笑的水平，一点不比徒步差！

这时候队长李永超问大家，明天最后一天了，大家有什么感想？

队员们纷纷开始抱怨，真是花钱买罪受！这辈子都不会再来了！

到现在都不相信，我竟然走下来了！

长这么大，我都没受过这么大罪！

抱怨归抱怨，每个人都表示，走！必须走完！不走完，对不起这满脚的血泡，更对不起这三天的付出！

第七章

第四天，18公里

1 一个都不能少，胜利抵达终点！

第四天只有18公里的路程，经过了前面的困难险阻，桂商战队的所有队员心态都非常好。出发在即，大家商量，最后一天，全员一起走完，一个都不能少！

就这样，他们一边走一边拍照，说说笑笑，就像第一天一样轻松自在，但是每个人的心境都完全不同了！

队长李永超感觉仿若重生，好像有个新的自己正在身体里发芽，他感觉世间如此美好！ 12个人因为携手走过了四天三夜，他们之间的感情也

营地里的早餐

变得格外深厚紧密，就仿佛同生共死的兄弟姐妹，从此后，没有什么能将他们分开。经历了难以想象的磨难，才更加深切地感受到生命的蓬勃活力，明白活着的意义，从此，再艰难的事情都不是事情了！

三天的经历，对紫愈来说，就像三年一样长，最后一天，她已经不像前三天那样执着，不再追寻那个黄色的背影。这一路走来，同伴的鼓励与抚慰，甚至是陌生人的帮助与温暖，让她慢慢地走了出来，没有了爱情，还有友情，没有了爱人，还有同伴。人生不就是这样吗？有相遇就有分别，就像这三天中，遇到他，然后又走散了，就算他是这次徒步的原动力，可是这一路走来，自己遇到了更美的风景，更好的同伴。爱情只是人生的一部分，他不过是偶尔同行，缘分已尽，到了该说再见的时候，就应该微笑着挥手和过去道别。

如果说第一天是在比赛，今天不如说是紫愈给自己的一个交代。和同伴一路走来，收获却更加丰盛，参与到你的人生中的那些人，才是真的朋友，更值得珍惜，你人生的旁观者，始终是路人。

终于能够体会那句“走过大漠戈壁，都是姐妹兄弟”的真正含义。在那样的自然环境和长途跋涉下，没有一个人能藏得住最本真的自己，它会在身体的痛苦和极限中显露无遗，而最真实最纯朴的情感就在此时此地被激发。

虽然没有完整地走完108公里，但80公里已经让紫愈体会到行走的力量和魅力。

当和同伴们一起冲过终点的时候，紫愈的内心充满着激情与感动："桂商战队的战友们，遇到你们真好，谢谢你们丰满充盈了我的人生经历，从今以后，我们还将一路同行，不离不弃！"

紫愈知道这仅仅是个序言，还有更多的风景等待遇见，还有更多的人期待相遇，自己还会再来！

回程的火车，依然是那列火车。

紫愈没有提前买票，所以只有硬卧，上了火车，补了整列火车唯一的"高包票"。缘分就是这么奇妙——跟他一个包间，不知道是不是上天考验紫愈，安排了一个独处的机会，可是，那时紫愈竟然没有感受到来自他的强大磁场的吸引，她心静如水，两人相对无言，形同陌路。一个晚上对话不足10句，不过是风淡云清地寒暄。

第二天到了机场，紫愈平静道别，曲终，人散。

看着他的背影，紫愈微微一笑：最终，我们还是爱不起。因为你，让这次徒步更生动了，谢谢你，我曾经爱过你，但只能陪你走到这里了，希望我们一别两宽，各生欢喜，找到对的那个人，相伴到老。

最后一天，谢谢内心有许多遗憾和不舍，这四天三夜的经历，让他爱上了壮美的戈壁，爱上了桂商战队这群可爱的同伴！虽然还有几公里的沙漠没走完，但是谢谢知道，自己已经尽力，虽败犹荣。

人生因为缺憾而更加真实，谢谢心里默默地告诉自己：一定找个机会，放下忙碌，离开喧嚣的都市，再次征服时而柔美时而狂躁，令人既忐忑又难以抵挡诱惑的沙漠！

拉姆虽然身体还没有完全康复，但是她也轻松地走完最后的行程。没有了比赛的压力，拉姆眼中的戈壁沙漠，呈现出柔美的样子。到处都能看到胡杨，她在途中捡了根长一米的胡杨木拖了回来，或许是要把沙漠的回忆带回去，或许是想和爱人分享这段特殊的经历，她会把这段胡杨木放在爱人的照片前，悄悄告诉他——

终于懂得了你，也愈加珍惜你留给我的所有回忆，我会好好地生活，

影子的故事——曲终，人散

沙漠里的蜥蜴

胡杨——沙漠里的守护神

也会把一双儿女培养成人。等着我，来生还做你的爱人，来生还要像今生般爱我，来生我们会比今生更幸福！

这次的行程有欢笑，有泪水，有痛苦，有喜悦，总之，酸甜苦辣咸，五味俱全。不过，请放心，我也收获了纯真的朋友，纯真的友情，有他们陪着我，帮助我，人生路会变得更顺畅，即使你不在身边，我也不会寂寞无助！

生命那么脆弱，以前看重的一些东西，现在想来，是那么不值一提。如果多年前，那个年轻的自己，能够知道爱的真谛，就不会蹉跎了时光，虚度了岁月。万事无常，唯有接纳，也只有经历过、尝试过，才能通向圆满。

拉姆第一时间拨通了家里的电话，告诉家人自己完成徒步的消息。电话里，儿子奶声奶气地说着：“妈咪，我好想你呀，你快点回来啊，我留了两片西瓜给你吃。”当听到儿子的声音时，拉姆觉得那一刻她是天底下最幸福的人，有爱自己的人，也有自己深爱的人。

大洋的脚前一天晚上就灌脓了，整个脚肿得都穿不下鞋子，挑开水泡挤出脓血，反复进行了好几次才挤干净。

最后一天，脚掌的刺痛一点都没有缓解，每走一步都像在刀尖上跳舞，但是这丝毫都没有影响大洋的心情。一望无际的黑戈壁上，随处可见经过几千年风化留下的土包，大洋猜测着，这下面可能都是几千年前的城市的遗址吧，或许也曾经有个像自己一般的旅人，不远千里来到这里，尘满面，笑如花。曾经的喧嚣归于平静，但是千年的心境，却是如此一致！

大洋看到曾宪国边走边捡着些小石头，曾宪国也看到了大洋走在最后，他说：“我陪你一起吧！”

被曾宪国感染了，在他的带动下，大洋也捡了些小黑石，每个只有拇指大小，黑黑的、亮亮的。大洋想，几千年前，它们可能是一块块巨大的岩石，静静的，独自承受日日夜夜持续的风沙打磨，每块小黑石里都蕴含着大自然的巨大能量。

一路上看到很多受到人声干扰匆匆跑过的小蜥蜴，大洋和曾宪国早已见怪不怪，只是很好奇它们以什么为食？是什么样的力量支撑它们在这荒漠上生存？

一路上，还能看到零星的枯木，据说是一千年不死、死了一千年不倒、倒了一千年不朽的胡杨木，有一棵树上居然有鸟窝，里面还有三颗鸟

躺在千年前的河里，追忆千年前的商道

蛋。生命的奇迹真是无处不在！回来后讲给朋友听，朋友说为什么不把鸟蛋拿走？大洋忍不住责怪他：你怎么想的？它们生存已经不易，每个徒步路过的人都带走点什么，几十年还剩什么？

远方的胡杨林倔强地挺立着，仿佛是这空寂原野里最后的守护神。

风的力量、时间的力量、自然的力量，都在这片神奇的土地上汇集，伟大和渺小并存，历史和今天同在。

108公里结束了，我们的路才刚刚开始。

曾宪国问大洋为什么喜欢徒步登山，大洋说："几年前我送给自己一句话'攀登不是为了征服，是为了更清晰地看到自己'。"

大洋说："下个目标非常明确，我要去珠峰看看！"

邓欣觉得自己是个随性的人，能完成这次108公里的戈壁徒步，简直超乎了她的想象！

一路走来，她感谢所有的队友，感谢他们相信自己，感谢他们无私的帮助，感谢他们教会了自己永不放弃。走完所有赛程时，她也对自己说了句："谢谢你，邓欣。"

这一路，走得千辛万苦，多少次走不下去、想要放弃的时候，她就积蓄身体所有的力量，站在原地大声地对自己喊："加油加油加油！"

"加油"两个字，谁都会在日常生活中听到很多次，在她曾经的理解里，这两个字，不过是说者对听者的祝福，并没有什么实际的作用。可在这次徒步中，她听到来自队友、陌生人的加油声，昂扬的斗志就会从心中油然而生，想要放弃的念头瞬间被打消。每个人都需要鼓励，需要正能量的心理暗示，总是说"我不行""我做不到的"的人，即使有能力做到，可能也会半途而废。不停地对自己说"加油""你真棒"，就能激发出巨大的潜能，超常发挥！

"加油"，不再是客套话，不再是简简单单的祝福，也只有在这四天三夜里，在濒临放弃的边缘，在咬紧牙关坚持住的那一刻，才懂得其深切的含义。戈壁大漠里，她旁若无人地为自己喊着加油，所有路过的人都会给她鼓掌或竖起大拇指。以后的生活中，她也会先点燃自己，再感染别人，为自己加油，为生命喝彩！

到达终点的那一刻，潘灯跪地而泣，走出来了！这一路，有那么多人需要被铭记，有那么多时刻永生难忘！此刻恍然若梦，恍如重生，最难走的路已经走过去了，未来还有什么惧怕呢！

胜利归来

桂商战队荣获“优秀团队奖”

慕蓉冲过终点，才感觉到脚趾钻心地疼，回到帐篷里，脱下袜子一看，三个脚指甲都已经翻了起来，青紫青紫的，马上就要脱落了！好在已经是最后一天，这一切，就当作是戈壁大漠留给自己的纪念吧！

十几年的个人打拼，很少有机会让孔艳能轻松地融入一群并不算熟悉的人中。但这次不同，在戈壁中，他们共同经历风沙的袭击，共同分担身体极限所带来的痛苦，他们早就在不知不觉间互相成了彼此的依靠，成了危急时刻最值得信任的那群人！

最后一天，只有300多人完成徒步，退赛率接近70%！庆幸的是，桂商战队12名队员都坚持到了最后，他们手拉着手，一起冲过了终点！

回到市区酒店，已是14:00多了。稍做休息后就到了晚上的庆功宴，桂商战队获得了最佳团队奖！看着大屏幕的短片，这四天三夜的过程历历在目，队员们笑着，欢呼着，拥抱着，流下了激动的泪水！

此时此刻，洋溢在他们中间的，是骄傲，是自豪，也是感动，为自己的坚强感动，为队员们的坚强感动！

席间，燕公子举着酒杯，对在场的所有队员说："谢谢你们！谢谢你们的照顾和鼓励，谢谢你们让我感受到了团队的温暖，能成为桂商战队的一员，是我最大的荣幸！"

12只酒杯碰撞在一起，发出欢快的"叮咚"声，所有队员齐声高喊："桂商桂商，威震八方！"

燕公子专门敬了谢谢一杯："谢谢你一路的照顾；谢谢你让我看到了广西人的真诚与善良！"

谢谢说："我有个问题，埋在心里，一直想问你……"

这一路上，一直都是谢谢在照顾燕公子，回到营地，队员们闲来无事，经常会拿两个人开玩笑，甚至说他们两个很般配，真是有缘千里来相会啊！听到谢谢这样说，燕公子有点紧张了，但还是故作镇定地说："你问吧！"

谢谢说："前天，我把你从救护车上拉下来，你恨不恨我？"

燕公子忍不住哈哈大笑起来："原来是问这个问题啊！"

谢谢有点懵了，疑惑地看着燕公子。

燕公子说："一点都不恨！我想说谢谢你！如果你不把我拉下来，我会后悔的！"

谢谢释怀了："那就放心了！干杯！"

两个人碰杯。

此时此刻的燕公子，心里感慨万千。和桂商战队的这些人，萍水相逢，以诚相待，四天三夜相处下来，他们心里想的，是战队的荣誉，是队员的友情，无私忘我，从来没有任何一个人把自己的利益放在首位，在这个年代，是多么难得啊！

燕公子自己做生意这么多年，见多了抱着各种目的接近自己的人。有人打着友情的旗号约你喝下午茶，不过是为了推销自己的产品，告别的时候，甚至连一杯茶钱都不付。

对于这样的人，燕公子极其不齿。她认为，做朋友就要先付出，你对别人好，才能换来别人对你的好，做生意最终拼的还是人品，认可了这个人，才会认可她的产品。

这时候，桂商战队的人开始齐声唱起歌来。燕公子看着这群可爱的朋友，是他们让自己领略了久违的感动，他们的人格魅力让燕公子深深折服，燕公子知道，从今以后，哪怕远隔千里，她的心永远都会留在桂商战队！

歌声穿越屋顶，穿越夜色，一直飘荡在敦煌的上空！

让我们一起来摆拍

2 遇到你，是我今生最大的幸运！

拉姆忆往昔——爱人，事业

敦煌的夜晚格外美，月如钩，挂在遥远的天际，晚风轻拂，带着沙漠戈壁独特的味道。拉姆端着酒杯走出酒店，把胜利的欢呼声留在了身后，这一刻，她只想要和自己以及回忆待一会儿。她找了个地方坐了下来，凝望着月亮——

那一年，拉姆尚未与佛结缘，本名珍娇，还是一名大学生。

在南宁上学的她，每次放假回家都要坐几个小时的火车才能到自己的家乡——位于边境线上的一座小城。

一本《故事会》陪伴她打发这段无聊的时间，她看得投入，被有趣精彩的内容逗得哈哈大笑，周围的旅客都用奇怪的眼光看着她。青春而美丽的姑娘，本来就会吸引人的目光，她感受到了来自座位对面的眼光，有些好奇地抬起头，映入眼帘的是一张英俊帅气的脸，一双炯炯有神的眼，看年纪要比她大一些。当她与他眼神交汇时，男子笑着开了口："看的什么，这么好笑，分享一下呗。"交流就这样开始了。

他大她9岁，在她老家的边防站当兵。他们在同一站下车，下车时，他要了她的地址，说要给她写信。

于是一封封带着炽热情感的信件，不断飞到她的身边。从来没有谈过恋爱的她，内心爱的火苗被他点燃。于是，他成了她的初恋。

他对她呵护备至，寒暑假都会跑到学校去接她一起回家，还帮她把被子叠得整整齐齐，惹得同宿舍的女生羡慕不已。两个人度过了一段甜蜜美好的时光。

转眼，她大学毕业了，兵哥哥办好了结婚需要的所有手续，把她从学校接了出来，拉着她的手就到了她的家里，对她的父母说："我要娶她！我会一辈子都对她好！"沉浸在爱情里的她被巨大的幸福淹没，毫不犹豫地点头答应了。不到22岁的她，正式成了一名军嫂。

新婚不久，两个人就在南宁买了一套小房子。丈夫给她在水厂找了一份工作，每个月600多元钱，而他一个月也只有1300多元的津贴，每个月付1100多元房贷，就所剩无几。他们过着两地分居的生活，丈夫在部队开销并不大，即使只剩200多元，生活也无太多问题，但她自己在南宁，600多元的工资，实在有些拮据。于是，她辞去了水厂的工作，跑去做保险。

夫妻天各一方，很多人都觉得这会影响两个人的感情，但对于她而言，这却是婚姻生活中最甜蜜的一段日子。

那时候，她还没有手机，家里只有一部座机，每天晚上守在电话跟前等着丈夫打电话过来，是她一天中最开心的时刻。电话这头的惦念、牵挂，电话那头的不舍、呵护，就连家长里短的对话都像蜜一样甜。

爱情的存在不在于空间距离，而取决于心理距离，那个时候的他们，虽然相隔遥远，但却心心相印。

2004年，随着第一个孩子的出生，他们生活压力更大了。她辞去保险公司的工作，到一家商务公司打工，不惜力、能吃苦的她，很快得到了客户们的赞赏，并且有了一定的积蓄。一年后，她选择了创业，开办了自己的商务公司，经过一年的运营，公司年盈利就达到几十万。而在这个时候，她的婚姻生活却出现了意想不到的状况。

孩子出生后，婆婆过来帮忙带孩子。不同的文化背景、生活习惯，使婆婆对她在诸多方面都看不惯，并逐渐将积攒的不满传递给儿子，结果就是她和丈夫为此产生口角，谁也说服不了谁。

她曾说“要不我结束公司去你那儿当随军家属”，丈夫考虑到她事业是上升期，没有同意。

2007年，她又开了一家物业公司，接了两个外地楼盘，因为业务所在地是个很小的城市，打印机、电脑等办公设备都要从南宁采购。那时候，她刚刚买了车，为了省钱，只能一趟一趟把所需的东西拉过去，300公里的路程，要开4个多小时，她一周要往返三四次，其中的辛苦可想而知。

再加上刚刚接触物业管理这一行，难免有应酬，而丈夫似乎从来都不体谅自己，总是因为喝酒应酬的事情挑起矛盾，两个人经常吵架。那段时间，是她最累的日子，开车的时候，累得都睁不开眼睛，好几次都差点出了意外。本来应该是自己的依靠和港湾的丈夫，竟然都不理解自己，她对这段婚姻逐渐失望，两个人甚至闹到要离婚的地步！

为了挽救婚姻，丈夫决定调回南宁，没想到结束两地分居后，两个人之间的矛盾，不仅没有结束，反而愈演愈烈。

两个人终于过起了在同一屋檐下的婚姻生活。虽然结婚六年，但一切却只是开始，两人面临着生活琐事的磨合。丈夫虽然内心有爱，却是个有些大男子主义的人，凡事总是对她多有限制，比如对于生意应酬，丈夫并不认可，总希望她能多在家待着，当好一个好太太、好母亲、好儿媳的角色。她的物业公司刚刚起步，工作很忙，总希望丈夫能给予理解体贴，却总是在一番争执后心灰意冷。感情中最痛苦的，无非就是两个彼此相爱的人，却找不到一种方法相互依偎，最终变成相互折磨的刺猬。

人总要找到一条途径，帮助自己解脱。机缘巧合下，她遇到了师父——观察了她一年多后，收其为徒并给其取名“拉姆”，藏语意为吉祥天女，她正式成为了藏传佛教格鲁派弟子。而丈夫也逐渐找到了一种开解自己的方法——户外运动。

生活就这样波澜不惊地向前继续着。

后来，拉姆关闭了开了4年的物业公司，也是在那一年，她怀上了他们的第二个爱情结晶。

十月怀胎后的一天，拉姆的羊膜破裂，医生已经打了助产针，等着孩子降生。产床上的拉姆伴随着阵阵而来的疼痛，还在接着电话：“我已经给你安排好了，你去找小赵。我们待会说，我要生孩子了，我没力气了！”

对方以为自己听错了，不相信地问了一遍：“什么？你说你在干吗？”

“我在生孩子！”

对方终于确信了自己听到的，马上惊慌失措地道歉：“不好意思不好意思，打扰了，你先生孩子吧。”然后匆匆挂断了电话。

产房的医生哈哈大笑着对拉姆说：“你真是我见过最牛的产妇了。”

2013年，拉姆的儿子出生了。

生完孩子后，带孩子的琐碎和操持公司的忙碌交杂而来，得不到丈夫理解的拉姆陷入了产后抑郁。那时，通过跟师父学习佛理，慢慢解开自己的心结，她终于艰难地渡过了产后抑郁期。

转过年来，商务公司业务量出现下降趋势，拉姆开始谋求转型，经过多方考察，她与人合资，投资成立了一家以生活垃圾发电为主营业务的新能源公司。这个项目在国家对新能源、可再生能源大力扶持的背景下，有着广阔的应用空间和市场空间，前景可观。

正当拉姆摩拳擦掌准备投身新行业时，转业回到地方不久的丈夫被查出患有多发性骨髓瘤。多发性骨髓瘤属于恶性肿瘤，即使切除后，癌细胞仍然会反复生长，不断侵蚀身体。看着丈夫日益消瘦的身躯，拉姆悲伤地想，以后他可能再也不能去爬山了。一年后，丈夫终于还是没能抵御住病魔的侵袭，永远地离开了他们。

时至今日，爱人已经走了将近两年了。爱人刚离去的那天，她请师父为爱人做了场超度法会，为爱人祈福。虽然生前两个人的感情生活并非一帆风顺，但丈夫的一言一行，一举一动，现在回想起来，让拉姆深切感受到丈夫内心对她深沉的爱。

拉姆不爱吃鸡、鸭的皮，每次丈夫都会把皮剥掉，把肉放到她的碗里。

她最爱吃一家小店的螺蛳、鸭脚，每次丈夫路过，都会特意拐个弯，买份鸭脚回来，悄悄放在桌上。丈夫没有太多浪漫举动，也没有什么甜言蜜语，但每每回忆起来，拉姆的心里都觉得甜甜的。

还有一次，吵架之后，拉姆发火说："结婚那么多年，你连个戒指都不给我买！"

丈夫当时并没有多说什么，过了些日子，却偷偷买了个戒指，放到了梳妆台上，然后喜滋滋地对拉姆说："丫头，你看！"

拉姆怪他不解风情，说："你怎么这样，为什么不给我戴上？"

不善于表达情感的丈夫难为情地说："你怎么这么矫情？"

拉姆了解他，于是自己戴上，在他面前晃动着手，开心地问："好看吗？"

丈夫也不说话，只是笑着点点头。

或许多年的军营生活，让丈夫不太善于表达爱，再加上9岁的年龄差，使丈夫更愿意把情感收敛在心中。也只有在喝醉酒之后，丈夫才会像个孩子一样，看着拉姆的眼睛，拉着她的手，深情地说："我这辈子最大的成功就是娶了你！"

也正是源于此，丈夫特别喜欢带着拉姆去参加战友聚会。看着拉姆在镜子面前试衣服，嘴上说着"女人真麻烦，你能不能快点"，心里其实早就乐开了花，因为那些战友的妻子都不如拉姆年轻漂亮，拉姆就是他的脸面，就是他的自豪，这一切，在他宠溺和骄傲的眼神中显露无遗。

只是那时候，拉姆太年轻，太不懂事，对于这种大老爷们的聚会丝毫提不起兴趣，总是能躲就躲，也从来没有认真地想一想，丈夫为什么到哪里都喜欢带着她？时过境迁，再回首时，一切都懂了，一切也来不及了！

拉姆眼睛湿润了。夜空中有流星划过，前尘往事，都成云烟，此时此刻，唯爱永恒。

遇到你，是我今生最大的幸运！

3 走过昨天，再次站在光芒万丈的舞台上！

他乡遇同乡——陆凌飞加入桂商战队

陆凌飞与桂商战队的缘分，要从徒步结束说起。

回程列车上，他和拉姆一个车厢。拉姆认出了他，那个在沙漠里搀扶着她走过一段路的广西老乡。

一路上，两个人并未因四天三夜的疲惫而失去聊天的热情，反而被这次徒步，激发起诉说交流的渴望。

“你是广西人，为什么没参加咱们广西的战队呢？”拉姆问他。

“哦，我去广州出差，遇到海南的一个朋友，被他拉进了海南的一支战队，咱们广西的战队叫什么？”毕竟是家乡的战队，况且自己早已回到家乡创业多年，也希望多认识些家乡做生意的朋友，故而陆凌飞对家乡的战队产生了想要深入了解的欲望。

拉姆热情地介绍着战队人员的情况：14 名战队成员，基本都是广西生意场上的精英人士，大家年龄不相上下，四天三夜的徒步考验下来，队友们结下了深厚的友谊。这一路走下来，发生了很多趣事，拉姆兴奋地说着，陆凌飞对桂商战队的队员们好感倍增，迫切想要融入其中的念头在头脑里冒了出来。

“桂商，这名字真是蛮好的，我也是在广西做生意的，也应该算是桂商，拉姆，你看我能加入桂商战队吗？”

“嗯，我很欢迎你啊，如果你有这个想法，回到广西战队聚会时，我可以跟大家说一下，如果表决通过，你就能加入了。”拉姆爽朗地笑着说。

“好的好的，那你可要记得啊。”

两个人聊得热火朝天，拉姆问起了陆凌飞的生活经历，也许是他乡遇故知的缘故，也许是旅途太漫长，陆凌飞开始娓娓道来……

陆凌飞的家乡，是广西百色葱茏群山里的一处小山村。他作为黑衣壮的一员，跟族人一样在大山中出生、成长。这片神秘而有浓郁民族文化气息的土地，滋养着他，使他即使在离开家乡多年后，仍然对那里的山山水水充满深深的眷恋，对家乡的一切，始终存有一缕牵绊。漂泊愈久，这眷恋和牵绊就愈深。

小时候的生活烂漫无忧。大山里的孩子，比起城市中的孩子，多了很多童年的乐趣，放肆而自由的快乐。砍柴放牛；自己做玩具，弹弓、陀螺还有小木车；去山里摘野果，不同的季节有不同的水果，哪里有棵树，树上结的什么果子，什么时候成熟，他都清楚。

那时候的生活自给自足。除了过年，家里给买一套汉族衣服之外，其余的都是母亲做的传统服装。棉花是自家种的，母亲纺成纱线，在油灯下，用古老的织布机“咿咿呀呀”织成棉布，然后一针一线给他们姐妹兄弟做衣服。童年的记忆最难忘，离开家乡那么多年，这个场景在陆凌飞脑海中萦绕，随着时间的推移，逐渐凝结成浓浓的思乡之情。

在陆凌飞的家乡，大人们对读书这件事，并没有像城里的父母那样有强烈的目的性，望子成龙也罢，抑或望女成凤，在大山里，都有些不具有现实意义，甚至读书本身，都是一件奢侈到可有可无的事情。好在父亲读过书，是20世纪60年代的高中毕业生，对家里5个孩子的教育问题，一直都没有任何犹疑，只要愿意读书，不管家里怎样艰辛，都要给他们创造条件，支持孩子走进学校的大门。家里养的鸡啊，鸭啊，都不舍得吃，拿到集市上卖了钱，攒起来给孩子们交学费。陆凌飞小时候学习特别好，父母几乎不让他干农活，让他节省出时间多读书。因为父母知道，学校、老师、书本，是通往外面世界的大门，只有多读书，才能有更好的未来。

就这样，陆凌飞从小学一直读到了中学、大学，离开了大山，去桂林学习基建设计专业。四年后，他远离家乡，独自去广东奋斗，进入了演艺设备的市场推广领域。

经过十几年的摸索和积累，他的事业发展愈加成熟。在广东娶妻生子，买了房子，也把父母从广西接了过去，本打算扎根落户，谁知道父母故土难离，不适应异地的生活，坚持要回家乡去。

孝顺的陆凌飞挂念年纪越来越大的父母，家乡熟悉的一切也在召唤着他，一次次午夜梦回，都是关于那片山山水水的回忆。陆凌飞知道，漂泊的游子该回归故里了！

2006年，广西的南宁、北海、钦州、防城港和崇左所辖行政区域被规划为广西北部湾经济开发区。2008年，国家提出把广西北部湾经济区建设成为重要国际区域经济合作区。这是我国第一个国际区域经济合作区，是我国西部大开发和面向东盟开放合作的重点地区。在这样的大背景下，广西北部湾经济区呈现出活力十足的面貌，由投资盲点成为投资热点，各种商机纷纷出现，各种资源正在不断地被开发出来，广阔市场的市场机会，正等着投资者去把握。

2011年，陆凌飞作为经营了十多年的品牌设备的代理商，像很多广西本土的生意人一样，回到了家乡百色，开始创业。

世界上，没有什么事能一帆风顺，总会遭遇些困难挫折，从而让人知道顺境是多么值得珍惜。事业初期，一切还算按部就班，组建团队，开发市场。那时候，随着经济的发展，广西文化产业发展迅猛，文化推广活动如雨后春笋般涌现出来。舞台设备租赁这个市场，在百色是个空白，陆凌飞像拓荒者，打开了一片新天地，迅速地扩张，成为行业里的佼佼者。事业很快打开了局面，为了谋求更大的发展空间，他把事业重心由百色转移到了广西的首府南宁，这个面向东盟开放合作的前沿城市。

发展三年后，他遭遇了演出市场的寒冬，项目下马，客户流失，连续两年徘徊在亏损的边缘。

陆凌飞在这个行业中已经做了十多年，很多客户都是基于信任一直与他合作，即使前景未知，但仍然要对老客户负责。他一边开源节流，维护现存的客户关系，一边开发新的市场，虽然进展缓慢，但是却从未停下前进的步伐。当时，广西的同行里，只有两家公司的代理权没有被品牌商换掉，他就是其中一家。慢慢地，生意有了起色，他一步步走出了困境。这个过程，也让他更加清醒，当市场顺风顺水时，珍惜、把握、努力去做；当市场遭遇瓶颈时，要勇敢、突破、去创造。

作为黑衣壮，陆凌飞内心是个非常传统的人。对家乡的眷恋，对“家”所包含内容的亲近与渴望，使他回到这里。家乡这片热土，也没有让他失望，回报给他无限的可能性。

回到家乡的陆凌飞，逐渐站稳了脚跟。广西人的热情好客，率真宽容，都让他如鱼归大海，鸟入山林般自在。

每年过节回到那个魂牵梦萦的小山村，那种熟悉而又温暖的气息，就会密密地包裹着自己。村里的路早已不是原先泥泞的土路，家里的木屋也已经翻盖过，村里很多年轻人都已经走出了大山。回到家的陆凌飞，保持着重要节日穿民族服饰的习惯。他喜欢穿着一袭黑色大襟上衣和宽裤脚的黑裤，站在门前眺望屋后青青山色，转回身来，看村里阿婆悠悠地走过，心就能从城市生活所留下的喧嚣中宁静下来，在山村生活虽然不像在城市生活那样方便，但仍让游子怡然自得。

过去的已经走远，美好的未来就在不远处等着陆凌飞，在这片光芒万丈的舞台上，他会努力做最闪亮的那颗星！

征战助手——一双拐杖

四天三夜，是你们陪我走过

4 告别是为了再次相聚，让我们携手奔向美好的未来！

短短的四天三夜里，桂商战队的队员们结下了深厚的友情，他们相约要经常联系，互相帮助，毕竟“走过大漠戈壁，都是姐妹兄弟”！

12名队员，在兰州机场，互相拥抱告别。大洋飞广东，燕公子要回新加坡，其他的10名队员结伴回广西。

再见，戈壁大漠！再见，敦煌！再见，我的朋友！

期待来日再相聚！

后　续

1 为了未完成的梦想！

队友们胜利归来，李国富在自己厂里的小餐厅，为队友们准备了丰盛的接风宴，欢迎所有凯旋的人。看着队友们愈加深厚的感情，热闹地交流着徒步路上的各种趣事，他不免有些遗憾。

紫愈跟拉姆说完话，看他坐在旁边只听不说，就把话题转向他：“国富，你没来，我们都觉得可惜呢。”

“是呀，我听你们说得这么热闹，可真是羡慕，要是我去了，大家更开心了。”李国富说。

队长李永超一听这话，立马说道：“是啊国富，你们两个斗嘴斗来斗去的，我们是会更开心。”桌上的众人都哈哈大笑起来，这一桌人，虽然祖籍不同，但现在大部分都已经在广西打拼很多年了，地域文化的融合，使大家交流起来没有什么阻碍，况且又都是一起经历了徒步这样艰难困苦的挑战，感情得到了升华，大家像家人一样亲近。

李国富虽然没有参加这次徒步，但他在战队里一贯融入度颇高，各种事务的参与度也高，他骨子里对生意的敏锐，得到了队友们的一致赞赏。他经常会在交流过程中，冒出一些点子，对某个伙伴的事业有所助益，而他也是个愿意交流的人，聚会也就不仅提升了队友们之间的情感，也成为大家交流事业、增加信息量的场合。

李国富暗下决心，一定要再找个机会，弥补这次的遗憾！

2 重走戈壁，不留遗憾！

2017年9月8日至11日，李国富、罗司令、谢谢，再次出征戈壁，走完108公里全程，为桂商战队戈壁徒步挑战赛画上辉煌圆满的句号！

李国富重走戈壁，不留遗憾

3 我们的感慨

曾宪国：
《桂商战队之歌》
桂商振八方，主席舵方向。
媒体有大洋，紫愈燕窝汤。
拉姆司账房，岛主慕蓉当。
吉德电驴狂，潘灯照光芒。
邓欣丰收爽，公子面容光。
谢谢设计郎，舞美凌飞扬。
孔艳玉西施，宪国江湖狼。
国富喜元坊，“政委”累不慌。
超队好担当……

曾宪国在戈壁上唱着《桂商战队之歌》

潘灯的后遗症：
1.口渴了，伸手在肩头找水管。

2.打电话不拨号，按侧面的“音量”键大吼：“娜姐娜姐，到哪了！”
3.20公里以内的路，总想走过去。
4.听到《蓝莲花》或者《怒放的生命》，想哭。
5.总想在办公室铺一张防潮垫。
6.走路，只要前面有人，就琢磨怎么超过去。
7.包里总有一双备用袜子。
8.盯人功夫猛进，离老远也能用眼神挖出想我的人。
9.早上起来不刷牙，晚上睡觉不洗澡，振振有词：“家里没水啊！”
10.看到风车就想放火烧掉，见到亲人就想拥抱。
11.不喊口号不会照相，照相就会比“强”“胜利”两个手势。
12.看抗日剧觉得很多造型都挺眼熟。
13.听到公里数就琢磨要跑多少时间！
14.走在路上，总想找红旗。
15.看到拿对讲机的，想去问下，补给点还有多久到。
16.每晚洗漱完后总在寻找展开睡袋的地方。

紫愈的告别：

戈壁，它让我看到了世上最无际的荒凉，也让我感受到世间最有情的温暖。戈壁，它让我从早走到晚，直至身体所能承受的极限，也让我由远及近看清纯粹的内心。

关于他，阳光儒雅，很有爱心的一个男人。他身上有一种强烈的磁场深深吸引着我。

当知道他也参加这次徒步时，我紧张而兴奋，期待见他又害怕面对，带着矛盾的心理来到了敦煌。出征大典跟他擦肩而过，就像两个陌生人，我们都假装不认识，可是这并未阻止我满场子搜索他的身影。是的，我爱他，他不爱我，可我是固执的白羊座啊，我爱他就行了。

这大概就是深爱一个人的样子吧。

最终，我们还是爱不起。

这就是我的沙漠爱情。

因为他，我的这次徒步因为添加了感情的色彩而更生动了。谢谢你，我爱你，但只能陪你走到这里了，希望我们都能跟爱的人相伴到老。

李永超的宣言：

世间如此美好，人与人可以这样共同努力去完成一件不可思议的挑战，人间自有真情在，人间自有活着的意义，再艰难的事情都已经不是事情了！

享受大漠的何"政委"

何海峰的感慨：

在这无边无际的茫茫大漠中，渺小的我们把脚交给沙土，坚毅地默默前进。一切都是那么简单，简单的行囊、简单的食物、简单的行为、简单的想法、简单的坚持，没有过多的要求，没有太多的抱怨，只为心中的信念——用自己的双脚丈量神州大地。当我的身体融入大自然的时候，我就会思考自己为家人、朋友和社会做了些什么？也会激发出对于生命、生活和自然的热爱，感受到与天地万物交流的欣喜和愉悦！

桂商战队五朵金花

拉姆的深情倾诉：

如果上天再给我一次机会，我一定好好地欣赏你，爱你，哪怕是一刻钟。沙漠、戈壁、胡杨、湖泊，再见了，我来过！

燕公子与"千人走戈壁"总策划赵超

邓欣的衷心感谢：

特别感谢慕蓉、大洋、"政委"、孔艳，队长！感谢一路给予我支持、鼓励的徒友们！有太多的心得不能通过文字来表达！

大洋的全新启程：

风的力量、时间的力量、自然的力量、我们的伟大和渺小并存，108公里结束了，我们的路才开始！想起自己为什么喜欢徒步、喜欢山，想起几年前自己送给自己的一句话“攀登不是为了征服，是为了看到更清晰的自己”。下个目标非常明确，我要去珠峰看看！

李国富的感言：

行动大于一切！

罗司令的豪言壮语：

不是所有故事都让人感动，不是所有的风景都让人铭记，但是，那些双脚触碰过的黄沙，此生你一定不会忘记！这108公里，用脚步丈量，用心体会，留存一生的回忆！

对自己最大的谎言就是认为自己不可能！

孔艳的内心独白：

每一次徒步，都是一次勇敢者的探险，每个敢于突破、敢于尝试的参与者，都在探索与感知一个新的世界。用坚定的脚步去丈量这片古老而神秘的丝绸之路，用勇敢的心去征服苍茫的沙漠戈壁！

慕蓉的感悟：

直到徒步回来后才知道，我的脚指甲早已废掉了3个，这所有的一切都是自己心甘情愿的，所以，即便如此，我将擦干眼泪，继续前行。

走过戈壁沙漠这段路程，能让自己更专注每一个当下，量力而为。

燕公子说给自己的话：

这108公里，是我人生中最难忘的回忆，是我人生中最具意义的一场挑战自我的行走。以前觉得年轻的心，是因为年龄决定的，但后来我发现不是。所谓有一颗年轻的心，是你永远保持热情，永远保持下一秒一切都会变好的乐观，永远对好的事物和人保持热泪盈眶，永远善良。

戈壁徒步的伟大在于，它改变了我们的思想和行动。人生从来不是看客，唯有出发，你才是赢家！人活着就应该像齐天大圣，疯过，恨过，闯过，拼过，努力过，但从没怕过。四天三夜，108公里，困难和收获都将刻骨铭心。这是一次心灵之旅，感悟人生，释放心灵力量，用自己的双脚亲自丈量和触摸丝绸之路。这里，是一个人一生必须要到的地方，我来过了，我经历了，这是燕公子的人生！

我很感恩缘分让我们桂商体育这么多优秀的企业家走到了一起，人与人之间，除了亲人的关系，其他温暖的关系，都是上帝给你额外的宠爱。

我鼓励现代女性多去经历，经历就是成长，成长是人生的财富，成长是给自己最好的礼物。经历多了，还有一个好处，就是你会知道人家为什么会难过，为什么会开心。你见过天地，见过众生，你能理解他们的苦，他们的为难，你会更懂得珍惜生活。

感谢为了这本书付出的所有工作人员，感恩相遇，感恩一切。祝你成为你想成为的人。

陆凌飞的心路历程：

四天三夜，108公里，戈壁沙漠的徒步行走，让我感触很深，有开心，也有痛苦，有坚持，也有犹豫。徒步与人生其实没有什么不同，都需要用心，都需要毅力，都有起点和终点。

在有的路上行走，可能不会看到很美的风景，但这条路或许我一辈子只能走这一回。在徒步中，态度决定一切，过程是痛苦的，但结果是美丽的，因为我们每个人都奔着这个方向而去。首次徒步，收获很多，感受最多的还是那种团结的力量，和每个人心中的那份坚持，相信我们大家会像这次徒步一样，团结一心，积极向上地工作，我们的明天会更美好！真心感谢所有支持我的人！

谢谢的坚持：

选择参加这次挑战，是对支持我完成众筹、信任我的兄弟姐妹们负责，我必须走完！虽然累、苦，但是自己毕竟经营企业6年，其间遇到的挫折、心酸、压迫远远大于这徒步的艰难，这些我都能扛过来，相信走沙漠一定没问题！

虽败犹荣，我已经尽我的能力去行走，虽有小遗憾，但我一定会离开喧嚣的都市，放下忙碌，再次去征服时而柔美时而狂躁、令人既忐忑又难以抵挡诱惑的沙漠！

4 桂商战队战略合作同盟宣誓成立！

徒步归来，在拉姆的牵线搭桥下，陆凌飞正式加入桂商战队，这让他有种找到家的踏实感，也让他感受到了强强联手的商业氛围。广东作为国内经济发展的前沿，领先于广西很多，无论做生意的视角，还是操作的模式和意识，都让他感触颇深。回到广西的这几年，广西的生意人也在发生变化，原先单打独斗，现在越来越重视资源整合，资源共享。一起把蛋糕做大，成为很多人的共识。况且这几年跟广西生意场上的朋友合作下来，他亦以桂商诚信、平和、包容的特质为荣，同宗同源者的认同，使他有了很强的归属感。

通过梳理和挖掘，陆凌飞拓展了事业发展的新空间，他尝试着从单纯的供应商逐步延伸到舞台设计以及舞台剧等领域。目前，他的舞台设计公司已经开始运营，相信在不久的将来，他会在文化创意这片蓝海中脱颖而出。对于陆凌飞来说，起起落落已经是可以轻松面对的境遇，不会再有什么能轻易击垮他的意志，起时珍惜，落时坚持，未来，自己会全力去创造。

从大漠戈壁回来之后，关于这次徒步，关于这四天三夜的经历，关于桂商战队的每个人，何海峰总感觉有很多话要说，忙里偷闲，他也会用文字记录下来。渐渐地，竟然累积了上万字。既然这样，为什么不把我们的经历写成一本书？这个提议得到了桂商战队所有队员的一致同意，说做就做，众人拾柴火焰高，于是便有了桂商战队的第一本书《四天三夜》。

这次戈壁徒步，广西境内的动员组织工作由黄景鹏牵头，李永超等人协助完成，大家从中看到了体育事业的广阔前景。桂商战队迅速成立了“桂商体育有限公司”，以中国大力发展体育产业和打造体育强国为契机，以为企业家提供体育服务为核心，致力成为中国最大的企业家体育服务方案提

供商。

凭借着成熟的执行团队，基于先进的运营理念，公司自主研发了徒步产品系列，包括企业家徒步，企业家亲子徒步。此外，公司参与完成云南丽江茶马古道徒步挑战赛、穿越海南岛徒步挑战赛、千人走戈壁徒步挑战赛等活动。

鉴于桂商战队的所有成员均为各行各业的精英，每个人都有自己的企业和投资项目，队员们无一例外地对战队的所有成员开放股权，吸引他们投资入股。在“驴司令”共享助力车、慕蓉的“七月上”民宿、李永超的“优+房产交易平台”等项目上，桂商战队的队员都交叉持股，互为助力，真正实现了合作共赢，同创辉煌！

5 把生活酿成最甜的酒！

徒步前，慕蓉几乎过着传教士一般的生活，简单得不像每天往来于各种场合的生意人，每天非常规律地吃饭、睡觉，几乎没有什么社交活动，不喝酒，也没有太多的朋友。一场徒步改变了这种状态，桂商战队的队友们，早就升华成了兄弟姐妹，大家经常会找个名目就小聚一下，交流为主，吃喝为辅。大家共同营造了这样一个平台：共享信息，共享资源，互相助力。对于慕蓉的事业，战队的兄弟们也多次出谋划策，帮她分析现状，提供资源。一切都在发生着转变，慕蓉一开始是被动参与，慢慢地她也会主动张罗队友们的聚会，享受着成为他们中的一员所带来的欢乐。

一场徒步，只要用心去感受过，都会从中收获自己需要的东西，从中发现常态中被忽视的或不愿面对的内心。徒步，也是一次促使很多人走进彼此生命的机缘。因为徒步，桂商战队的十几个人相识、相知，因为共同经历了残酷的考验，十几个人都慢慢放下了心防，心手相牵。徒步归来，他们更加清醒地认识到“共享”的意义：“一个人的力量也许能把事情做好，但只有集合众人的力量，才能使事情长久”。

徒步回来后，慕蓉的心态回归平和，生意上的事变得顺利起来。

从小就有个骑士梦的慕蓉，也把印第安摩托车的专卖店开到了南宁。她的“慕蓉仁家”甜酒入选“中国品牌故事系列记录甄选活动”，慕蓉在北京梅地亚中心接受了央视记者的采访。慕蓉相信，凭借着她孜孜以求的努力，一定能把“慕蓉仁家”做成甜酒领域有影响力的第一品牌，让这个品牌逐渐形成自己独特的魅力，拥有自己的思想和精神，形成自动运转的生态系统。基于甜酒的配方，慕蓉开发研制的一款甜酒面膜也已经进入试生产的阶段，一切美好才刚刚开始，慕蓉相信，她一定会成功的！

慕蓉在朋友圈感慨道：“孤军奋战这几年，真的很苦，所以我酿了甜酒；或许这一生都在奔波，所以我有了自己的海边民宿；因为执着要走内心深处选择的路，所以有了开了印第安摩托车店。这一切，它们之间都有内在的联系——一颗火热的心和追求美好生活的愿望。”

6 现在，就开始美好的新旅程！

从戈壁徒步回来后，拉姆自驾带着家人去了云南。她喜欢开着车自由驰骋在路上的状态，洒脱自然，跟随心的方向。

晚上，坐在露天晾台上，夜风吹来，清爽宜人。凝视着普者黑深邃幽蓝的夜空，星辰密布，偶尔有流星划过。一双儿女环绕在自己身侧，儿子说：“妈咪，我想爸爸了。”她轻轻亲了亲儿子，看着苍穹中忽闪忽闪的繁星说：“妈咪也想爸爸了，我们一起给他祈福好不好？”

拉姆——开始美好的新旅程

爱摆拍的姜紫愈

"老公，你安心地走吧，我们都会好好生活下去的。这一生的刻骨铭心，此生有憾，也只是没能和你一起到老。待有来生，愿生命待你我都好。"

从云南回来，拉姆又马不停蹄地赶到澳洲，代表桂商体育考察红酒项目。而同一时刻，紫愈在上海，代表桂商体育签署重要协议。

2017年的最后一天，紫愈发了一条朋友圈："2010年，她来到南宁这个陌生的城市发展，那一年，她月薪1650元。那时她的梦想是能够在这座城市拥有一套房子，哪怕是30平方米的单身公寓也满足了。"

于是她朝着这个目标努力，终于在2014年，买了两套在这个城市可被称为"豪宅"的房子，可是她发现人的欲望是无止境的，她想要别墅了！2015年，她买了个小宝马，那时的她觉得有房有车，生活也就这样了。可是人啊，总是有欲望的，2017年换了保时捷，可是她发现她喜欢宾利了。

创业的这些年，她敏锐的商业嗅觉让她懂得把握每一次时机。还记得，初来南宁，有一次她受邀参加一个高端party（聚会），可是她没有名牌包包，于是跟一个妹妹借一个LV，她还清楚地记得那个妹妹一脸嫌弃的表情，她心里发誓，一定要活得有尊严！如今，她走遍全球，路过每一个奢侈品店，不再是渴望而是麻木，没有任何购买的欲望。人啊，总得有点追求！她，就是姜紫愈！

紫愈在挥动桂商战队的队旗

一切好像都结束了，一切又好像正要发生。世界每时每刻总有一些新鲜而有趣的事情正在悄然地改变着人们的生活。经历过徒步的紫愈，愈发热爱自己拥有的生活，也越来越享受成人达己的快乐。作为微商领袖，让自己团队的几万人都走向成功，是多么值得骄傲的事情。"燕窝女王"的事业，一如既往地红火；"燕窝女王"的生活，也依然多彩多姿；"燕窝女王"的爱情，也会在不远的未来等着她，等着这美丽的蔷薇，自由绽放，勇敢地走出那条直达幸福的路！

谢谢回来之后，便忙得不可开交，年终岁末，他回望2017年，平均5天洽谈一个新项目，平均9天成交一个新客户。2018年，“奋斗装饰”升级为“山外设计事务所”。谢谢相信，坚持用专业赢取更多信任，用人品累积更多人脉，才是真正的经营之道。

从戈壁回来，邓欣感觉自己心态好像更积极、更开放了。从前自己并不会主动去争取什么，不会主动认识什么人，很多事情好像都是水到渠成，随遇而安。而经过这次戈壁之行，她感受着一些来自陌生人的鼓励和帮助，那些传递着善意的援手，让她觉得主动伸出自己的手，其实是一件挺温暖的事情。很多家长会教育自己的孩子在外面不要随便跟陌生人讲话，但她会跟女儿说：“不要怕，这个世界还是有很多好人的，要做对人友善的小朋友哦。”

做了十几年房地产工作的邓欣，这两年，又涉足了酒店和生态旅游业。随着北部湾经济区的大开发，各种机会纷至沓来，眼界打开，思路也打开了。不管是她的常驻地南宁，还是项目所在地防城港，都焕发着勃勃生机。她很庆幸能参与这次徒步，收获了那么丰富的精神财富，也收获了一群志同道合的朋友，大家的共识就是合作才能持久发展，一个人的力量可能有限，集众人之力，资源整合，互相借力，才会产生更大的社会效应和经济效益。

“只要一直在路上走，就没有到达不了的终点。”这是妈妈曾经说过的话。想想自己已经走过的三十多年的岁月，那些痛过的、哭过的、笑过的，随着时光的流逝，慢慢从记忆中淡化，生活在继续，前方还会有很多值得珍惜、需要好好体验的日子在等待着自己。不管还会遇到什么，只要最坏的结果是在自己承受范围之内的，一旦选择了，自己就会一如既往地像妈

谢谢与慕幸、邓欣、曾宪国在一起

孔艳与潘灯

妈说的那样，一直勇敢走下去。

对于孔艳来说，这场徒步，更像是一个人的修行。徒步磨砺了意志，也给了她充分思考的时间。未来的路仍旧要按计划出发，但一切好像都不那么急迫了，是啊，一切都是最好的安排。她知道，自己十四年前所做的那个选择，决定了她这辈子要走的路，也许，明天依然有这样那样的障碍等在前方，但又有什么关系，“只要口岸在，就有机会在”，不是吗？

桂商战队的队友们，就是千千万万个桂商的缩影，在时代变迁中，积极应对着所有的变化，用一个又一个充满魅力的标签标注着桂商的时代特质！